달, 미 의   게
지옹도뇌르
인권을 위한
작가로서 그   생애 60권 이상의 책을 썼다. 메
디치상 수상작인 《예루살렘 거지》, 리브르 엥테르상을 받은
《언약》, 프랑스 문학대상을 받은 《제5의 아들》, 회고록 《모
든 강은 바다로 흐른다》, 《바다는 넘치지 않는다》 등이 널리
알려져 있고, 우리말로는 《나이트》, 《이방인은 없다》, 《새
벽》, 《나치스와 유대인》, 《망각》, 《벽 너머 마을》, 《엘리에제
르의 고백》 등이 번역, 소개되었다.

옮긴이

하진호 | 총신대학교 신학대학원을 졸업했다. 분당우리교
회에서 '기독교 세계관' 신앙강좌를 진행하면서 기독교 신앙
의 지평, 수준, 관점을 주제로 고민하며 소통하고 있다.

박옥 | 서울대학교 소비자학과를 졸업하고, 자기계발서 및
종교서적 전문 번역가로 활동 중이다. 옮긴 책으로 《내 영
혼을 담은 인생의 사계절》, 《드림리스트》, 《거절은 나를 다
치게 하지 못한다》 외 다수가 있다.

샴고로드의 재판

LE PROCÈS DE SHAMGOROD
by Elie Wiesel

Copyright ⓒ Éditions du Seuil, 1979
Afterword Copyright ⓒ 1995 by Matthew Fox

Korean translation copyright ⓒ POIEMA, an Imprint of Gimm-Young Publishers, Inc., 2014
This Korean edition was published by arrangement with Les Éditions du Seuil, Paris through
KCC(Korea Copyright Center Inc.), Seoul.

LE PROCÈS DE SHAMGOROD

샴고로드의 재판

엘리 위젤 희곡

하진호·박옥 옮김 | 매튜 폭스 후기

ÉLIE WIESEL

포이에마
POIEMA

일러두기
이 책의 번역 대본으로는 엘리 위젤의 아내인 마리온 위젤이 영어로 번역한
The Trial of God(Schocken Books, 2013)을 사용했다.
본문 뒤에 수록한 매튜 폭스의 후기도 본래 이 영역판에 실려 있던 것이다.

샴고로드의 재판

엘리 위젤 지음 | 하진호·박옥 옮김

1판 1쇄 인쇄 2014. 12. 16 | **1판 1쇄 발행** 2014. 12. 23 | **발행처** 포이에마 | **발행인** 김도완 | **책임 편집** 강영특 | **책임 디자인** 길하나 | **제작** 안해룡, 박상현 | **제작처** sj피앤비, 금성엘엔에스, 대양금박, 정문바인텍 | **등록번호** 제300-2006-190호 | **등록일자** 2006. 10. 16 | 서울특별시 종로구 북촌로 63-3 우편번호 110-260 | 마케팅부 02)3668-3246, 편집부 02)730-8648, 팩시밀리 02)745-4827

이 한국어판의 저작권은 (주)한국저작권센터(KCC)를 통한 저작권자와의 독점계약으로 포이에마에 있습니다. 신저작권법에 의하여 한국 내에서 보호받는 저작물이므로 무단 전재와 무단 복제를 금합니다.

값은 뒤표지에 있습니다. ISBN 978-89-97760-99-2 03860 | 독자의견 전화 02)730-8648 | 이메일 masterpiece@poiema.co.kr | 좋은 독자가 좋은 책을 만듭니다. | 포이에마는 독자 여러분의 의견에 항상 귀를 기울이고 있습니다.

이 도서의 국립중앙도서관 출판예정도서목록(CIP)은 서지정보유통지원시스템 홈페이지(http://seoji.nl.go.kr)와 국가자료공동목록시스템(http://www.nl.go.kr/kolisnet)에서 이용하실 수 있습니다.(CIP제어번호: CIP2014036415)

차례

1막
—
II

2막
—
73

3막
—
130

후기
—
189

등장인물

멘델 등장인물 중 가장 나이가 많고 가장 지혜롭다. 오십 대. 키가 크고 말랐으며 위엄이 있다. 몽상가. 첫 번째 음유시인. 잘 보는 법과 잘 듣는 법을 알고 있다.

아브레멜 두 번째 음유시인. 우울하며 약간 빈정댄다. 직업 연예인. 남을 잘 웃기지만, 그 자신은 결코 웃지 않는다. 사십 대.

얀켈 세 번째 음유시인. 시끄럽고 때로 거칠다. 전직 마부. 잠시도 가만히 있지 않으며 짓궂다.

베리쉬 여관주인. 위 세 명에 비해 몸집이 거대하다. 투지가 넘치고 화가 나 있다. 누가 건드리면 그 자리에서 주먹으로 탁자를 쳐서 반 토막 낼 수 있다.

한나 베리쉬의 딸. 미쳤다기보다는 멍한 상태. 치욕을 당한 충격에서 회복되지 못한다. 젊고 가냘프다.

마리아 베리쉬의 하녀. 기껏해야 서른 살. 억세고, 통통하지만 예쁜 편. 거침없이 말하고 재치 있으며 공격적이다.

신부 러시아 정교회. 땅딸막하고, 인생을 즐기며 산다. 친절하지만 나약하다.

샘 나그네. 총명하고 냉소적이며 극도로 정중하다. 사악하다. 나이는? 아직 젊다. 말쑥하며 고상한 편에 가깝다. 자제력이 강하다.

등장인물들은 모두 17세기 양식의 의복을 입고 있다. 장화와 털 재킷. 밖은 아직 춥다. 마리아는 검은색 머리띠를 두르고 있으며, 남자들은 털모자를 쓰고 있다. 신부는 가슴에 커다란 십자가가 있는 전통 사제복을 입고 있다.

배경

흙먼지와 어둠에 묻힌, 드네프르 강에서 멀지 않은 사라진 마을의 어딘가. 시대는 1649년의 유대인 집단학살 이후. 증오가 이기고 죽음이 승리를 거뒀다. 극소수의 생존자들은 자신이 홀로되었으며, 버림받았음을 안다.

해질 무렵 어느 여관. 도처에 얼룩이 진 커다란 방은 어두침침하다. 탁자와 의자 몇 개. 양초들. 빈 병과 유리잔이 여기저기 놓여 있다. 벽면엔 그림자가 위협적으로 움직이고 있다.

한 탁자에 앉은 세 명의 유대인 음유시인이 술을 주문한다. 다 잊기 위해서일까? 이름 없는 괴로움에서 벗어나기 위해서일까? 에스더서의 기적이 전해지는 부림절을 기념하려는 걸까?

부림절은 매년 돌아오는 얼간이, 아이들, 그리고 걸인들의 날. 가면 축제가 벌어진다. 모두가 게임을 하고, 모두가 술에 취한다. 모두가 변하고 싶어 한다.

본 희곡은 비극적 익살극으로 공연되어야 한다. '부림절 연극' 속의 '부림절 연극'인 것이다.

이 연극의 기원은 다음과 같다. 한밤중에 나는 이상한 재판을 목격했다. 어느 겨울날 밤, 하나같이 박식하고 독실한 세 명의 랍비는 그 자녀들이 대학살을 당하도록 허락한 혐의로 신을 기소하기로 결정했다. 나는 그 자리에 있었고, 울고 싶었다. 그러나 그곳에 있던 어느 누구도 울지 않았다.

1막

막이 오르면 멘델과 아브레멜과 얀켈이 탁자에 앉아 있다. 마리아는 다른 자리의 의자를 닦고 있다. 베리쉬가 뛰어 들어온다. 화가 나 있다.

베리쉬　잔 하나 줘, 마리아. 한나가 곧 일어날 거야. 그럼 목이 타겠지. 그런데 그 애 방엔 잔이 없어. 이게 말이 돼, 마리아? 모든 곳에 모든 사람을 위한 잔이 있는데, 한나 것만 없다고!

　　　　(깨끗한 잔을 집으러 탁자로 간다.)

마리아　그만 좀 뛰어다니세요, 주인님. 주인님은 늘 뛰어다니시네요. 어디로 가시나요? 어디에서 오셨고요? 주인님, 도대체 왜 그렇게 뛰어다니세요? (베리쉬가 화들짝 놀라 멈칫한다.) 손님이 있는 것 안 보이세요? 한나는 자고 있으니 내버려두세요. 일어나면 늘 그랬듯이 제

	가 가서 돌볼게요. 하지만 주인님, 저 손님들은 잊으셨나요? 전부 다 제가 하고, 제가 가봐야 하나요?
베리쉬	시끄러워, 마리아. 한나는 잠을 제대로 못 자. 언제든 깰 수 있다고. 깨면 우유를 마시려고 할 거야. 도대체 깨끗한 잔을 어디다 둔 거야?
마리아	제 주머니에 있나 보죠. 아니면 제 침대에 있든지…. 저 바쁜 것 안 보여요? 누군가는 방을 청소해야 하잖아요. 안 그래요? (얀켈이 이들의 주목을 끌려고 애쓴다.) 주인님은 손님들에게 좀 더 주의를 기울이셔야 해요.
베리쉬	나한테 이래라저래라 하지 마. 넌 지금 내 신경을 건드리고 있어. 손님들도 내 신경을 건드리고 있어. 온 세상이 다 내 신경을 건드리고 있다고.
마리아	그럼 다른 장사를 하는 게 좋겠군요, 주인님. 아니, 아예 다른 세상으로 가버리면 더 좋겠어요.
베리쉬	그만두지 않으면 다른 하녀를 구할 거야.
얀켈	내버려두세요, 주인장. 대신 우리 얘길 들어보는 게 어때요? 우린 지금껏 당신을 기다리고 있었답니다.
베리쉬	당신들은 누구요?
얀켈	왕의 특사랄까… 우리가 누구겠어요? 당신은 눈도 없습니까? 우린 손님이오!

베리쉬   뭐가 필요하시오?

얀켈   서비스요.

베리쉬   서비스라….

얀켈   서비스란 말이 많이 낯섭니까? 우린 술을 주문하고
        싶다고요.

베리쉬   술이라… (멍하니 있다가 정신을 차린다.) 모든 사람들이
        원하는 건, 술이지. (술병 하나와 잔 세 개를 그들의 탁자에
        놓는다.) 조만간 여관 문을 닫아야지. 암, 닫고말고. 팔
        든지 다 태워버리든지 할 거야. 그리고 난 여길 떠날
        거야.

마리아   좋네요.

베리쉬   내가 농담하는 것 같아? 분명히 말하지만, 난 떠날 거
        라고.

마리아   떠날 거야, 떠날 거야… 어디로 가시게요?

베리쉬   어디든지. 세상 끝으로 갈 거야.

마리아   그렇게 가까운 곳으로요?

얀켈   (소리 내어 웃는다.) 브라보! 여인이여, 이리 와서 우리
        랑 얘기하지 않겠소?

마리아   왜요, 당신들도 세상 끝으로 가게요?

얀켈   아니오. 우린 막 거기서 왔는걸.

13

마리아	(베리쉬에게) 도대체 세상 끝은 어디에 있대요?
베리쉬	몰라⋯ 아냐, 알아. 세상 끝은 바로 네가 없는 곳이지.
얀켈	(마리아에게) 어떻게 저 사람과 한 지붕 밑에서 함께 살 수 있는 겁니까?
마리아	상관 마세요! 그는 제 주인님이에요. 주인님이 절 모욕하신다고 해도, 내버려두세요!
얀켈	(짓궂게) 이리 와서 우리랑 얘기하지 않겠소?
아브레멜	세상 끝이라⋯ 난 그것을 잘 기억하고 있지. 내가 사는 마을엔 작은 먼지투성이 거리가 있었어. 늙은 마녀가 마지막 판잣집에서 살았지. 아이들은 거기가 세상의 끝이라고 믿었어.
베리쉬	세상의 끝, 세상의 끝. 우리 고향에선 말이야⋯ 우리 고향에선 뭐라고 했는지 잊어버렸네.
마리아	그것도 잊어버리세요, 주인님. 그럼 기분이 나아지실 거예요.
아브레멜	마녀와 그 판잣집. 그곳에 사람이 들어가는 건 봤어도 나오는 걸 본 사람은 아무도 없었지. 아이들은 무서워서 그 집을 쳐다보지도 못했어. 멀리서조차 바라보지 못했지.
마리아	화제 좀 바꿔줄래요?

얀켈   이게 어디가 어때서요?

마리아   화제를 바꿔요. 이왕이면 여관도 바꾸시고요. 당신들
       은 짜증 나요.

얀켈   하지만 우린 아직 아무 얘기도 안 했어요. 우린 주인
       장 당신과 이야기하고 싶단 말입니다.

베리쉬   난 당신들과 얘기할 게 없는데.

얀켈   그걸 어떻게 알지요?

아브레멜   아무 말도 하지 말고 그저 우리가 당신에게 뭔가를 얘
       기하는 동안 우리 말을 들어달라고 부탁한다면요?

베리쉬   난 흥미 없소.

얀켈   그게 무슨 말입니까, 흥미가 없다니? 분명 흥미로운
       게 있을 겁니다.

베리쉬   맞아! 한 가지 있지. 당신들이 나가는 걸 보는 거요.

얀켈   좋소, 좋아. 우린 떠날 거예요. 조금 이따 말이죠.

베리쉬   그게 언제요?

얀켈   오늘 밤이 부림절이라는 걸 잊었습니까? 우린 부림절
       을 기념해야 해요. 어떻게 하는 건지 잊은 거예요?

마리아   화제 좀 바꿔요, 제발! (얀켈이 재미있다는 듯이 그녀를 바
       라본다.)

베리쉬   부림절, 유월절, 봉헌절*, 나한테는 다 똑같소.

아브레멜	정말이요? 당신에겐 다 똑같단 말입니까? 그렇다면 우리가 말해드리지요. 부림절에는 뭘 하지요? 술을 마십니다. 특히 갈증이 날 때. 그리고 우린 갈증 나 죽겠어요, 주인장.
얀켈	갈증이란 말은 그런 때 쓰라고 있는 게 아닌데.

(분통이 터진 베리쉬는 막 나가려고 한다.)

아브레멜	목마른 사람에게 물을 주지 않는 것, 그것도 부림절 전야에. 그것은 죄요, 주인장. 엄청난 죄란 말이오!
베리쉬	(기겁하여) 죄? 방금 죄라고 했소? 그런 말을 입 밖에 내다니! 나는 죄라는 말을 들으면 도저히 참을 수가 없다고! 왜 그런지 아시오? 죄인 때문이오. 그게 누군지 아시오? 나도 아니고, 당신들도 아니고, 마리아도 아니야. 그것에 대해 뭔가를 아는 사람이지. 그것은… 그것은….
마리아	저분 말 듣지 마세요. 주인님은 자기가 무슨 말을 하고 있는지도 몰라요. 누구나 다 그럴 때가 있잖아요. 당신들 말이 맞아요. 오늘 밤은 부림절이니까 그걸 기

---

* 시리아 왕 안티오코스 4세 에피파네스에 의해 더럽혀진 제2 성전을 되찾아 재봉헌한 것을 기념하는 날. '하누카', '수전절'이라고도 한다 — 옮긴이.

16

넘하며 건배해야죠. (베리쉬에게) 손님들께 술 한 병 더 드릴까요?

베리쉬 드려. 하지만 돈을 받아! 돈을 내라고 하라고! 알겠나? (갑자기 몸이 얼어붙은 듯 꼼짝하지 않는다. 한나의 소리를 들은 것이다.) 잔을 줘, 마리아! 어서! 우유 한잔 달라고! 맙소사. 움직여! 이 여자야, 움직이라고!

　　　　(급하게 방을 나간다. 마리아는 세 음유시인의 탁자에 술병 하나를 더 놓는다.)

아브레멜 이상한 주인장이네요. 안 그래요?

마리아 그래서 뭐요! 문제없는 사람이 어디 있다고.

얀켈 하지만 그는 정말 이상해요. 그건 인정하세요. (마리아가 그를 째려본다.) 주인장을 비난하려는 건 아니에요. 만약 그가 손님들에게 이상하게 굴고 싶어 하는 거라면 그건 그의 문제니까. 방금 당신이 웅변을 토하며 말한 대로 말이오. 하지만 그렇다고 그가 덜 이상해지는 건 아니에요. 게다가….

마리아 게다가? 또 뭐요?

얀켈 우리는 그를 도와줄 수 있어요. 뭐, 그건 우리의 직업이니까.

마리아 당신들의 직업이 이상한 사람을 돕는 거라고요?

아브레멜	우리가 하는 일은 사람들을 돕는 거요. (미소 짓는다.) 나중엔 이상해지는 사람도 있지만.
마리아	(조금 누그러진 말투로) 뭐, 주인님은 당신들이나 나 같진 않아요. 하긴, 그런 사람이 어디 있을까요? 때때로 주인님은 몇 주 동안이나 계속 입을 다물고 있어요. 그럴 땐 아무도 그 입을 열게 할 수 없죠. 저를 모욕하게 하는 것도 안 돼요. 그러다가 갑자기 이유도 없이 얘기하고 소리 지르고 말싸움을 하기 시작해요. 입에서 말이 끝없이 흘러나오죠. 그러면 그 무엇도 주인님을 막을 수 없어요. 그것 때문에 그분을 나쁘게 봐선 안 돼요.
얀켈	오, 우린 안 그래요. 우리가 왜 그러겠어요? 말했지만, 우리는 그를 비난하려고 온 게 아니에요! 오히려 우린 그를 즐겁게 해주고 싶은 겁니다.
마리아	(소리 내어 웃는다.) 주인님을 즐겁게 해준다고요? 농담도 잘하시네요.
	(세 음유시인이 술을 마시고 부림절 노래를 부르는 동안 베리쉬가 다시 방으로 들어온다.)
베리쉬	소리 좀 줄이시오!
얀켈	우린 지금 속삭이다시피 하고 있어요!

베리쉬   속삭이는 게 너무 크다고!

얀켈   우리가 무슨 수녀원이나 초상집에 왔습니까? 즐거워
        야 할 시기에 애가哀歌라도 부르기 바라는 거예요? 여
        기에 우리 말고 다른 손님이 없는 이유를 알겠구먼.
        이곳은 목감기에 걸린 농아를 위한 곳이니까.

베리쉬   당신들은 말이 너무 많아.

얀켈   우리가 그만 말하기 바라시오? 그거야 세상에서 제일
        간단한 일이지. (아브레멜을 보며) 안 그런가?

아브레멜   그럼. 한잔 더 따라보세요. 술 마시는 동안은 떠들지
        않으니.

얀켈   (베리쉬에게) 당신은 그다지 말 많은 사람은 아니지요?
        술 한잔 드실래요? 어때요? 한잔 들어요. 우리가 내
        겠습니다.

베리쉬   난 목이 마르지 않소.

얀켈   그게 어때서요? 술을 마시려면 꼭 목이 말라야 합니
        까? 새들이 갈 데가 있어야만 납니까? 새들은 자유와
        푸른 하늘을 사랑해서 나는 겁니다. 우리가 술을 마시
        는 것도 마찬가지예요.

아브레멜   이 보세요, 술 마시는 데 이유가 필요합니까? 이유야
        있지. 그것도 많이. 술을 마시는 건, 부림절이 시작되

고 속죄일이 끝나니까. 기분이 좋으니까, 아님 기분이 나쁘니까. 이겼으니까, 아님 졌으니까. 딸이 결혼을 하니까, 아님 결혼을 못하니까. 술을 마시지 않고 왜 술을 마시지 않는지도 모르는 유대인은, 분명 그 사고 에 문제가 있어요. 유대인에게 '야시[yash]' 없는 날은 사 랑 없는 러브스토리와도 같아요.

마리아   (침울해져서, 위협적으로) 지금 사랑이라고 했나요?

아브레멜   사랑에 무슨 문제라도 있습니까?

마리아   (그를 흉내 낸다.) 문제라도 있습니까? 문제라도 있습니 까? 문제없는 게 어디 있어요? 사랑은 문제 있는 모 든 걸 변명하기 위해 발명된 거예요. 누군가를 때려 놓고 "하지만 '사랑해서' 그랬어"라고 하면 끝이지요. 누군가를 속이고선 또 "하지만 '사랑해서' 그런 거야" 라고 하면 그만이죠. 사랑이라는 말만 하면 모든 게 용서돼요. 참 나, 난 용서 못한다고!

아브레멜   그 주제에 대해 그런 식으로 생각하다니 안됐군요.

마리아   뭐가요?

아브레멜   우리 연주 목록엔 사랑에 관한 곡이 꽤 많거든요.

베리쉬   난 흥미 없소.

아브레멜   한 곡 들려드릴까요? 사랑을 노래하는 양치기 소년의 노래?

얀켈   겨우 한 곡? 양치기 소녀는 꿈을 꾸네….

베리쉬   난 흥미 없소.

아브레멜   장담하는데 분명 재미있을 거예요. 진짜로요.

베리쉬   말했잖소, 흥미 없다고!

마리아   어쩜 그렇게 바보 같을 수가 있을까! 다 큰 남자들이
          양치기 소녀에 대한 사랑 노래라니….

얀켈   그게 왜 바보 같지요? 당신은 사랑에 빠진 적이 없어
          요?

마리아   양치기 소년이랑은 없어요! 그리고 난 노래를 부르지
          도 않아요! 난 너무 바쁘다고요.

아브레멜   정말 안됐군요.

베리쉬   안됐군요… 안됐군요… 안됐다니, 그게 무슨 뜻이오?
          됐소, 얘기하지 마시오. 그냥 술이나 마시고 조용히들
          있어요!

          (멘델은 줄곧 이 대화를 듣고 있지만, 자기만의 생각에 빠
          져 혼자 동떨어져 보인다. 그가 입을 열자 전체적인 분위
          기가 확 바뀐다.)

멘델   주인장, 당신은 기도할 때가 있습니까?

베리쉬   그건 왜 묻소? 그게 왜 알고 싶은 거요? 내가 기도하

든 말든 그게 당신과 무슨 상관이 있소?

멘델　　당신은 노래도 부르지 않고, 술도 안 마시고, 종종 말도 하지 않고… 그러니 또 뭘 안 하는지 궁금해서 그렇습니다.

베리쉬　흠, 안 하오. 난 기도하지 않소.

멘델　　기도하는 법을 모르시나요?

베리쉬　아니오. 하지만 기도하고 싶지 않소.

멘델　　특별한 이유가 있습니까?

베리쉬　그건 당신이 알 바 아니오!

멘델　　당신만 알아야 합니까?

베리쉬　그렇소.

멘델　　그럼 신은요? (잠시 멈췄다가) 이 모든 것에 신은 어디 계십니까, 주인장?

베리쉬　(이해하지 못한다.) 신?

멘델　　그게 신의 일이기도 하다고 생각하지 않습니까? 당신이 기도하는지 하지 않는지도 신의 관심사가 될 거라고 생각하지 않습니까?

베리쉬　(화가 나서) 당신은 신이 자기 일은 스스로 알아서 할수 있다고 생각하지 않소? 신이 자신을 대변해줄 사람으로 당신이 필요하다고 생각하오?

마리아	난 손님들이 자기들끼리 싸우는 건 봤어도 주인님이 랑 싸우는 건 처음 보네. 화제를 좀 바꾸지 그래요?
얀켈	마리아, 당신은 참 현명하다니까. 솔로몬 왕에게 누이 가 있었다면 그게 바로 당신이었을 거예요.
아브레멜	솔로몬 왕과 시바 여왕에 대한 멋진 노래가 있어요. 한번 들어보시….
마리아	또 사랑 노래예요? 됐어요.
얀켈	총명한 마리아. 영리한 마리아. 당신은 정말 똑똑해 요. 그리고 신중하기도 하고요. 분명 많은 남자들이 당신에게 마음을 빼앗겼을 거야.
아브레멜	굉장한 칭찬인데! 칭찬도 들었는데 술 한 병 더 주면 안 될까요?
마리아	술은 돈을 내야 하죠. 칭찬은 공짜고요. 당신들, 돈은 있어요?
아브레멜	우리를 못 믿어요? (마리아가 고개를 가로젓는다.) 거 참 안됐군요. 살면서 사람에 대한 믿음이 없다는 건 슬픈 일이에요. 슬픈 일. 그리고 아마 그보다 더 슬픈 일은, 믿지 않으면 어떻게 사람을 사랑할 수 있느냐는 거지 요! 내 질문에 대답해봐요!
마리아	그보다 더 좋은 질문이 있어요. 당신들은 이 술값을

어떻게 다 치를 거예요? 경고하는데, 우리는 사기꾼과 거짓말쟁이와 도둑을 다루는 법을 잘 알아요. 우리를 속이려는 생각은 아예 접으세요! 우린 절대 속지 않으니까!

얀켈   내가 아까 솔로몬 왕이라고 했던가요? 잘못 말했네요. 사실은 삼손이라고 하려던 거였거든요. (마리아를 바라본다.) 맞아요, 당신을 보면 삼손이 떠올라요.

　　　(마리아는 대꾸하고 싶지만, 멘델이 끼어든다.)

멘델   이 모든 것에 신은 어디 계십니까, 주인장? 말해보십시오. 이 모든 것에 신은 어디 계십니까?

베리쉬   나한테 원하는 게 뭐요? 내가 신을 지키는 사람이오? 나는 신의 백성 자리에서 물러났소. 신을 떠났단 말이오. 신보고 다른 여관주인을 찾으라 하시오. 다른 민족이나 찾고, 다른 유대인이나 괴롭히라고 하시오. 난 그와 완전히 끝났소!

마리아   걱정 마세요, 주인님. 주인님이 무슨 말을 해도 신은 화내지 않아요. 어떻게 그럴 수 있겠어요? 우리 말은 듣고 있지도 않는데요.

얀켈   멋져요, 마리아! 당신은 천국에서 무슨 일이 일어나고 있는지 아는군요! 우리에게도 말해주세요. 당신은 아는 게 많군요! 혹시 신의 측근이신가요? 말해봐요, 진짜 그래요?

아브레멜   아니, 신이 당신의 측근이지! 신이 당신에게 조언을 구하잖아요! 당신은 그분께 무엇을, 언제, 그리고 누구에게 할지 얘기해주고요. 심지어 신께 명령도 하지요! 그렇죠?

얀켈   맞아! 우리에게도 이래라저래라 하면서 여관주인을 보호하고 있잖아.

아브레멜   당신은 왜 주인을 보호하는 겁니까? 왜 그가 보호를 받아야 하죠? 그 사람, 우리에게 뭔가 숨기고 있는 게 있죠?

마리아   쓸데없는 소리 집어치워요!

얀켈   주인장에겐 비밀이 있죠? (잠시 멈췄다가) 우리도 그래요.

마리아   좋겠네요. 잘 간직하세요.

얀켈   그 비밀이 뭔지 알고 싶지 않아요? (마리아는 고개를 가로젓는다.) 당신은요, 주인 양반? (베리쉬는 질문이 뭔지 신경 쓰지도 않는다.) 흥미 없어요?

아브레멜   (얀켈에게) 우리 비밀이 자기랑 관련이 없다고 생각하나 봐. (베리쉬에게) 이봐요, 당신과 상관이 있다고요…

있지요, 우리가 당신의 야시를 마셨고, 잘 마셨소. 근데 돈을 낼 수가 없네요.

> (아브레멜이 갑자기 웃음을 터뜨린다. 얀켈도 폭소하지만, 멘델은 웃지 않는다. 베리쉬와 마리아는 서로 쳐다본다. 처음엔 깜짝 놀라지만 결국 덩달아 웃는다.)

베리쉬　이런, 익살꾼들 같으니! 당신들이 이겼소. 내가 용서하겠소. 당신들은 내 돈으로 부림절 게임을 했소. 잔을 비우고 다른 곳으로 가시오. 내게선 충분히 털었잖소.

멘델　털다니요? 우리가 도둑이라는 겁니까?

베리쉬　아니지, 그냥 거짓말쟁이요.

멘델　저는 그 말에 이의를 제기합니다.

베리쉬　원한다면 한번 이의를 제기해보시오. 당신들은 평범한 손님처럼 나타났고, 내 술로 배를 채웠소. 돈을 지불할 생각은 전혀 없이 말이야. …내 말이 틀렸소? 이의를 제기해보시오!

멘델　당신은 우리를 오해하고 있어요, 주인장. 우린 돈은 없지만, 값을 치를 순 있습니다.

베리쉬　어떻게 말이오? 얘기해보시오.

멘델　당신을 위해 공연을 해드리겠습니다.

마리아   또 사랑 노래나 부르려고….

베리쉬   공연을 한다고? 날 위해서? 방금 내가 제대로 들은
         건가?

멘델   상상도 못하셨지요, 주인장? 우리는 부림절 연극인입
        니다. 우리가 왜 여길 왔을까요? 이곳의 유대인 주민
        들 앞에서 공연하기 위해서입니다. 사람들은 돈을 내
        겠지만, 당신은 안 내도 돼요. 당신에게 받은 게 있으
        니 당신은 공짜입니다. 보세요, 우리를 의심한 건 실
        수하신 겁니다.

베리쉬   (놀라서) 멋지군! 정말 멋져! 그리고 웃겨! (배를 잡고
        웃는다.) 저 사람 얘기 들었어? 공연을 하러 왔다네!
        여기서! 유대인 주민들을 위해서! (의자에 앉는다.) 마
        리아, 저 사람 얘기 들었어? 우리 유대인들을 위해 부
        림절 연극을 하러 왔대. 그것도 여기서! 오, 이렇게
        웃길 수가. 지독하게 웃기는 얘기야!

아브레멜 뭐가 그렇게 웃기지? 공연은 아직 시작하지도 않았는
        데, 벌써 저렇게 웃고 있네!

얀켈   (마리아에게) 혹시 저 양반 술 드셨소?

            (멘델 또한 당황한 표정으로 마리아에게 조용히 묻는다.)

마리아   당신들이 있는 곳이 어딘지 진짜 몰라서 그래요? 아

27

니, 모른다는 게 말이 돼요?

> (세 음유시인은 어리둥절한 표정으로 서로를 바라본다. 베리쉬는 여전히 웃고 있다. 지금은 속으로만 웃고 있지만. 스포트라이트가 갑자기 방 안의 어두운 곳에 앉아 있는 '나그네'를 비춘다. 그가 살짝 미소 짓자 스포트라이트가 꺼진다.)

멘델 얘기해줘요. (목소리를 높여) 무슨 소린지 얘기해달라고 했어요.

마리아 여긴 샴고로드예요.

얀켈 (몸이 굳어서) 말도 안 돼!

아브레멜 당신 말은 여긴….

멘델 …2년 전 일이야. 무덤 파는 사람들 자신도 학살을 당했지.

아브레멜 우리가 샴고로드에 있다고…?

마리아 샴고로드 근처예요. 그런데 당신들은 공연을 하러 왔단 말이지요. 유대인들을 위해….

얀켈 우린 몰랐어요….

마리아 그것도 샴고로드의 유대인들을 위해서요.

아브레멜 우린 몰랐다고요….

마리아 그게 당신들이 온 이유예요? 공연하러? 여기서?

| 아브레멜 | 우리가 어떻게 알았겠어요? 우리는 많은 곳을 다닙니다. 그리고 대부분 마을들은 다 똑같이 생겼죠. 여관들, 주막들 다 똑같아요…. |

아브레멜   우리가 어떻게 알았겠어요? 우리는 많은 곳을 다닙니다. 그리고 대부분 마을들은 다 똑같이 생겼죠. 여관들, 주막들 다 똑같아요….

얀켈   오늘 아침에 이곳으로 오면서 우린 생각했죠. '멋지고 평화로운 동네구나. 유대인들도 많이 있을 거야. 부림절 연극을 하고 돈 좀 벌어야지. 따뜻한 식사 몇 끼와 술 정도는 해결할 수 있을 거야.' (베리쉬가 또다시 요란하게 웃다가 뚝 그친다.)

마리아   그러니까… 당신들은 몰랐단 말이죠.

멘델   샴-고-로-드. (슬프게 미소 지으며) 그래요, 그렇군요. 우리는 샴고로드에 부림절 연극을 하러 왔소. 꼭 샴고로드여야 했어요!

(이번엔 그가 웃을 차례이지만 멘델은 웃을 수 없다. 웃지 못하는 것은 그의 비극의 일부이다.)

베리쉬   (몸을 부들부들 떨며) 그래서… 당신들은 뭘 기다리고 있는 거요? 공연하러 왔다고? 공연? 당신들은 뭘 잘하오? 뭘 잘하냐고! 노래해봐! 춤을 추든가… 물구나무를 서든지! 당신들은 샴고로드의 유대인 주민들을 즐겁게 해주러 왔소. 그러니 한번 해보라고! 샴고로드의 모든 유대인들이 기다리고 있소!

얀켈   당신밖에…

베리쉬   무슨 차이가 있는데? 내가 주민 전체요. 내가 전체 인
　　　　 구라고! 살아남은 마지막 유대인 아버지요. 마지막
　　　　 유대인 아버지를 거절하려는 거요? 당신들 노래를 한
　　　　 번 들어봅시다. 당신들의 웃긴 표정 좀 보자고!

　　　　 (베리쉬는 흥분했고, 짜증이 났으며, 격분한다. 웃음과 절
　　　　 망 사이에서 괴로워하는 것이다. 그는 둘 중 어느 한쪽을
　　　　 피할 방도를 찾느라 갈팡질팡하고 있다. 그의 감정을 알
　　　　 아챈 마리아가 참사를 막으려 애쓴다.)

마리아   가세요. 얼른요, 가세요. 당신들은 실수했어요. 이제
　　　　 아시겠죠? 술 마시고 돈도 안 내고 말이에요. 됐으니
　　　　 까, 가세요. 저 길을 따라 숲으로 가세요. (창가로 가서
　　　　 손가락으로 가리킨다.) 가는 덴 한 시간 반쯤 걸릴 거예
　　　　 요. 가다 보면 강이 나와요. 강을 건너면 다른 마을이
　　　　 보일 거예요. 거기엔 아직 남아 있는 유대인 가정이
　　　　 좀 있어요. 그 사람들한테나 공연하세요.

베리쉬   그래, 가시오! 빠를수록 좋아!

얀켈   오늘 밤에요?

아브레멜 강을 건너는 건 위험한데. 난 수영도 못해.

얀켈   난 피곤해. 온몸이 쑤신다고. 그리고 난 숲이 무서워.

30

마리아	그렇게 멀지 않아요. 그러니 가세요. 거기 가면 쉴 수 있을 거예요.
아브레멜	내일까지 좀 머물면 안 되겠소?
베리쉬	안 돼! (빈정거리며) 당장 공연을 시작하는 데 동의하지 않는다면 말이지! 알겠소? 한번 해보시오! 일어나! 공연을 시작하라고!
멘델	(부드럽게) 어떻게 하란 말이오? 관중도 없이?
베리쉬	내가 있잖아! 난 사람도 아닌가? 여기 마리아는? 아무것도 아냐? 우리가 무슨 투명인간인가? 어서 시작하시오!
멘델	우린 할 수 없소, 주인장. 공연할 기분이 아니란 말이오.
베리쉬	난 갑자기 볼 기분이 생겼어! 부림절 연극을!
마리아	정말이에요?
베리쉬	물론이지. 단… 신은 빼는 거야. 알겠소? 경고했소!
	(세 명의 배우가 자리에서 일어나 가면을 쓰고 앞으로 나아가 관객을 마주하고 삼각형을 이루며 선다. 멘델이 신호를 주자 아브레멜이 시작한다.)
아브레멜	인생은 무엇인가? 인생은 무엇인가?

한 아이가

자신의 꿈속에서

우연히 발견한 길.

그의 꿈은 무엇인가?

그의 꿈은 무엇인가?

어둠 속에서

미지未知가 내미는

손.

사람은 무엇인가?

사람은 무엇인가?

공허한 꿈을 향한

공허한 길.

공허한 손.

술은 무엇인가?

그래, 술은 무엇인가?

길과, 꿈의 빈자리를 채우는

노래,

또 손을 움직이고

마음을 채우며

사람에게

그가 결코 갖지 못했던 것을 주는

기쁨.

세 시인   (한목소리로 후렴을 노래한다.)

술은 무엇인가?

그래, 술은 무엇인가?

길과, 꿈의 빈자리를 채우는

노래,

또 손을 움직이고

마음을 채우며

사람에게

그가 결코 갖지 못했던 것을 주는

기쁨.

       (인사를 하고 가면을 벗으며 탁자를 움직이기 시작한다.)

마리아   당신들 진짜 웃기는군요. 기쁜 노래인데 슬퍼요. 슬프
         다니까요! 부림절은 기쁜 날이라고 생각했는데 말이
         에요.

아브레멜   사실 그렇죠. 기쁜 날이지요!

마리아   이럴 줄은 몰랐네. 당신들 공연에서 이런 걸 보게 될
         줄이야! 하긴, 당신들 유대인은 뭔가를 뒤집는 걸 좋
         아해요. 울고 있을 때도 웃고, 웃고 있을 때도 울고.

아브레멜	하지만 그게 바로 부림절의 의미예요, 마리아. 모든 게 뒤집어지는 이야기지요. 그 이야기를 들려드릴까요?
얀켈	'네'라고 말해요, 마리아. 한 번만… '네'라고 해봐요!
아브레멜	정말 아름다운 이야기예요. 하만이 유대인들을 죽이려고 계획하자 신이….
베리쉬	또야? 이 집에서 신은 출입금지야. 잊었소?
아브레멜	기적 얘기 정도는 해도 되겠죠?
베리쉬	좋소, 그걸 신 덕분으로 돌리지만 않는다면.
얀켈	그럼 우리 시작하는 거예요? 나는 유대인들이 살아남는 이야기가 좋아요.
마리아	난 다른 날이 좋아요. 속죄일 어때요? 유대인들이 음식을 못 먹는 날요. 그럼 내가 대신 다 먹어줄 텐데.
얀켈	당신은 속죄일에 그렇게 합니까? 그렇다면 속죄일이 '아닌' 때는 어떻게 하나요? (잠시 멈춘다. 순간 침울해지면서) 하지만 우리의 속죄일은 일 년 내내 계속되는 걸요.
아브레멜	그만해, 얀켈! 오늘은 부림절이야! 즐거워해야 한다고! 우린 부림절 연극인들이야! 우린 슬픔을 퍼뜨릴 게 아니라 그것과 싸워야 해!

얀켈   난 준비됐어. 부림절 이야기가 싫다면 뭘 할까요? 요
        셉 이야기는 어때요? 그는 형들에 의해 노예로 팔려
        갔지요… 이걸 지토미르*에서 공연했던 거 기억나?
        사람들이 울었잖아. 오, 진짜 울더라니까! 그 사람들
        은 정말 좋아했었지!

베리쉬 싫어! 난 울기 싫다고! 게다가 요셉 이야기라면 더더
        욱! 난 요셉에 대해서는 다 알아! 요셉이 보디발의 아
        내와 연애한 이야기를 내가 잊었을 것 같나? 그리고
        내가 그의 비극을 보면서 울기 바라나?

얀켈   그럼, 에스더 이야기로 합시다.

베리쉬 어림없는 소리! 도대체 그게 무슨 내용인데? 한 아리
        따운 유대인 처녀가 이름도 복잡한… 너무 복잡해서
        그게 뭔지도 잊어버렸지만, 아니, 사실은 너무 복잡해
        서 이름을 제대로 알았던 적도 없는 한 늙은 왕과 이
        처녀가 잠자리를 가졌지. 그러자 사람들은 모두 그녀
        에게 박수를 보내지! 브라보, 에스더! 넌 해냈어! 성
        공이야! 이제 넌 왕후가 됐어! 남편은 소원이라면 뭐
        든지 들어주는 노망난 늙은이지만. 그런데 내가 왜 그

---

* 구소련 유럽부歐 서남쪽, 우크라이나 공화국 중부, 키예프 서남쪽의 도시 ― 옮긴이.

녀를 보며 좋아해야 하나?

아브레멜　그렇지 않아요, 주인장. 당신은 모든 사람을 모욕하는데, 도대체 에스더 왕후가 당신에게 무슨 짓을 했습니까? 그녀가 싫은 거예요? 그녀의 어디가 그렇게 맘에 안 듭니까?

베리쉬　난 그 이야기가 맘에 안 들어.

멘델　왜 그러십니까, 주인장? 당신은 여자를 싫어합니까?

베리쉬　여자를 싫어하냐고? 싫어하기는커녕 사랑하지. 당신들보다 더 사랑해! 당신들의 그 예쁜 왕후도 사랑한다고. 나한테 오라고 해봐, 그럼 내가 얼마나 기쁘게 해주는지 알 수 있을 거요. 장담해. 나랑 있으면 그 늙은 얼간이 남편이랑 있을 때보다 훨씬 더 행복할 거야.

멘델　(부드럽게) 그럼, 이 모든 것에서 신은요, 주인장?

베리쉬　(멘델의 말투를 흉내 내며) "그럼, 이 모든 것에서 신은요… 그럼, 이 모든 것에서 신은요…." 당신은 미친 게 분명해! 다른 얘긴 할 줄 모르는 거요?

멘델　신을 조롱하지 마십시오, 주인장. 신을 조롱하지 마세요. 설령 신이 당신을 조롱하고 계실지라도 말이지요.

베리쉬　'설령'? 지금 '설령'이라고 했소?

멘델　아직 증명된 게 없잖습니까.

베리쉬	증거로 또 뭐가 필요한데? 도대체 뭐가 더 필요한데? 샴고로드의 대학살로는 부족하단 말이오?
멘델	아닙니다. 충분하다 못해 지나치지요.
베리쉬	그럼 인정하시오!
멘델	저는 걸인입니다. 전 나중에 후회될 만한 말을 입 밖에 내기 전에 지켜보고 관찰하는 법을 터득했지요. 저는 기다림의 기술을 배웠습니다.
베리쉬	나도 한때는 기다리는 법을 알았소…. 구원을 기다리고 또 기다렸지. 그런데 누가 왔는지 아시오? 구원자? 천만에, 살인자들이었소.
멘델	그래서 신성모독을 선택한 거군요. 그렇다면 좋습니다. 하지만 그게 해답입니까? 만약 그렇다면 해답이 있다는 뜻이겠군요. 저는 잘 모르겠지만….
베리쉬	당신은 너무 복잡해. 난 여관주인이지, 랍비가 아니라고!
멘델	당신은 신을 거부하지만, 전 그렇지 않습니다. 왜 그럴까요? 제게 신은 무척 궁금한 분이거든요. 보세요, 저는 사람을 압니다. 사람이 무엇을 할 수 있는지 알죠. 하지만 이 모든 것에서 신은요?
베리쉬	그 대신 이렇게 물어보는 게 어떻소? '그럼 이 모든

것에서 베리쉬는?' 질문에 대답해볼까? 신은 날 찾아
내서 날 쓰러뜨렸소. 그러니 내게서 떨어져 있으라고
해. 신과 관련된 것들을 보면 짜증 나니까. 그는 내 집
에선 환영받지 못하오. 내 인생에서도. 그가 놀고 싶
어 한다면, 혼자 놀라고 해. 이 모든 게 '부림절 연극'
이라면, 다른 무대, 다른 극장을 찾아보라 하시오.

> (멘델과 베리쉬는 말없이 서로를 바라본다. 베리쉬는 말
> 을 계속하고 싶지만 그렇게 하지 않는다. 쓸데없는 짓이
> 다. 어차피 신은 대답하지 않을 테니까. 베리쉬는 지쳤다.
> 말을 너무 많이 한 것이다.)

멘델   (미소 지으며) 주인장, 당신의 분노를 이해합니다. 그리
고 전 그게 맘에 들어요.

베리쉬 맘에 들든지 말든지. 무슨 상관이람? 설마 당신도 그
런 분노가 있다는 건 아니겠지.

멘델   전 그런 것 없습니다. 하지만 어쨌든 맘에 드는군요.
그것은 어떤 질문을 암시하거든요.

베리쉬 질문? 난 아무 질문도 하지 않았소!

멘델   아니요, 했어요. 바로 이 질문이죠. 우리의 부림절 연
극에서 누가 누구의 관중인가? 누가 누구를 위해 공
연하고 있는가?

아브레멜   (목청을 가다듬으며) 난 물어볼 게 없습니다. 하지만 대

답은 있지요. 당신을 위해 공연하겠습니다, 주인장.

(또 다시 세 배우가 앞으로 나와 삼각형을 이루며 선다.)

아브레멜   (노래한다.)

떨어지는 잎은

날 위해 떨어지고,

빛나는 태양은

날 위해 빛나고,

끝없는 강은

날 위해 흐르네.

하지만 살고 있는 난

누구를 위해 사는가?

세 시인   하지만 살고 있는 난

누구를 위해 사는가?

아브레멜   겨울밤은 끝날 것 같지 않네.

내겐 끝날 것 같지가 않아.

하지만…

(그 순간 바깥의 차가운 공기와 함께 신부가 방 안으로 들

어온다.)

신부   날씨가 지독하군, 지독해!

39

마리아   (신랄하게) 알려줘서 참 고맙네요.

신부   심술궂은 마리아… 항상 그렇지 뭐. 자네는 왜 그렇
         게 심술을 부리나?

마리아   왜 어떤 사람들은 내 안에서 심술을 끄집어낼까요?

신부   그건 자네가 사람들의 신경을 자극해서 그래, 마리아.
         자넨 사람들이 상상조차 해서는 안 되는 것들을 하도
         록 조장한다고. 한번 고해를 하러 오지 그래?

마리아   전 무서워요.

신부   뭐가?

마리아   유혹요. (잠시 멈췄다가) 신부님의 유혹요.

신부   (농담이 맘에 든다.) 누가 자넬 속일 수 있겠어, 안 그
         래? 그건 내 잘못이 아냐. 육신이 약해서니까. 반면에
         악마는 약하지 않지.

마리아   악마, 악마… 신부님은 악마가 없으면 큰일 나죠. 악
         마는 신부님이 없으면 뭘 할까요?

신부   난 자네와 뭘 할 수 있을지 생각해보는 게 더 좋은데.

마리아   신부님이 날 보듯 내 자신을 보면… 구역질이 나요.

신부   괜찮아, 마리아. 난 자네를 용서해. 신께서도 자네를
         용서하시지. 우리는 자네와 내가 함께 지을 수 있었
         던 죄에 대해 자네를 용서해. 자네가 동의하기만 한

다면 말이야.

마리아   지금 죄에 대해 얘기하시는 거예요, 벌에 대해 얘기하시는 거예요?

> (급히 한쪽으로 가서 자신의 잔에는 물을, 신부의 잔에는 와인을 따른다. 신부는 세 명의 유대인과 베리쉬에게 시선을 돌린다. 공연이 중단된 이들은 살짝 짜증 난 표정으로 신부를 주시하고 있다.)

신부   자네들은 여기서 뭘 하고 있나? 여기서 새로운 유대인을 본 건 꽤 오랜만인데.

멘델   우리는 걸인이며, 떠돌아다니는 음유시인입니다.

신부   그래서 오늘 밤을 즐기고 있는 건가? 누구 돈으로?

멘델   저희는 유대인의 명절, 부림절을 기념하고 있습니다.

신부   오, 그래. 기억나는군. 당신들은 위대한 애국자이자 용감한 총리였던 하만이 교수형에 처해져서 기뻐하지. 기독교인 애국자들의 목을 다 매달 수 있다면 진짜 축하할 일일 텐데, 안 그런가?

멘델   하만은 기독교인이 아니었습니다. 우리의 기억이 정확하다면 말이지요.

신부   설마 그가 유대인이었다는 건 아니겠지…. 가련한 사람, 유대인들이 그를 얼마나 미워했는지!

멘델   한 가지 더. 우리 기억이 정확하다면, 그가 우리를 미
　　　　　워했던 겁니다. 그는 우리 모두를 죽이려고 계획했어
　　　　　요.

신부   당연하지! 그럼 그것 말고 뭘 기대했나? 유대인들은
　　　　　늘 하만에 대해 음모를 꾸몄고, 동족 처녀를 시켜 왕
　　　　　을 유혹하게 했고, 그러니까 그는 자기 자신을 방어
　　　　　해야 했던 것 아닌가? 하지만 결국엔 당신들이 이겼
　　　　　지. 안 그래? 당신들은 약삭빨라. 오 그래, 유대인들
　　　　　은 늘 그랬어. 약삭빠르고 운이 좋지. 그래서 원수를
　　　　　잡았고—불쌍한 하만—그리고 그를 십자가에 못 박
　　　　　은 거야.

아브레멜   그를 어떻게 했다고요?

신부   다 알잖아. 왜 갑자기 시치미 떼고 그래? 유대인들이
　　　　　원수들을 다 죽인 것 모르나? 그것도 항상 같은 방식
　　　　　으로. 당신들은 모든 사람들을 미워해. 그러면서 왜
　　　　　미움 받는지 궁금해하지.

멘델   우린 아무도 미워하지 않습니다.

신부   그럴 순 없어. 그건 자연스럽지 않을 텐데. 어떻게 미
　　　　　움을 미움으로 갚지 않을 수 있겠나?

멘델   우린 그럴 수 있습니다.

신부   아냐, 불가능해. 내가 당신들 입장이었다면, 난 전 세
      계를 증오했을 걸세. 우주만물까지도 증오했을 거야.
      어떻게 그것들을 미워하지 않을 수 있다는 거지?

멘델   우린 그럴 수 있습니다.

신부   신은 당신들을 사랑하시지 않네. 인정하라고. 말해보
      게. 왜 신은 당신들을 사랑하시지 않을까?

멘델   글쎄요.

마리아 신부님도 모르시잖아요.

신부   마리아, 지금 저 사람들 편을 드는 거야? 지옥 불에
      타 죽으려고!

마리아 신부님과 천국에 가느니 저들과 지옥에 가겠어요.

신부   마리아, 자네가 심술궂은 건 알았지만 어리석기까지
      할 줄은 몰랐군. 지금은 유대인에 대한 애정을 드러낼
      타이밍이 아니야. 일이 벌어지고 있다고. 샴고로드는
      미로폴*에서 일어난 사건 때문에 동요하고 있어. 코스
      타스키가ᵀ에서 한 아이가 죽었는데, 사람들은 유대
      인들의 저주와 저주 어린 시선 때문이라고 떠들어대

---

* 지토미르 인근의 소읍. 1648년 흐멜니츠스키가 이끄는 코사크족 군대에 의해 유대
  인 학살이 벌어졌다 ─ 옮긴이.

고 있어. 안 돼, 마리아. 지금은 선한 기독교인이 유대

인들에게 관심 가질 시기가 아니야.

베리쉬   처음부터 또다시 시작한단 말이오? 정녕 증오에는 끝

이 없는 거요?

신부   유대인이 존재하는 한, 그들은 늘 증오를 불러올 걸

세.

베리쉬   하지만 나와 내 딸 말고는 여긴 더 남아 있는 유대인

이 없어요!

신부   다른 곳에선 찾을 수 있지. 다른 도시, 다른 마을에서.

그건 그 대적들에게 맡겨두세. 그들이 증오할 사람들

을 찾을 테니. 죽일 사람들 말이야.

베리쉬   이건 미친 짓이오, 미친 짓이야!

신부   맞는 말이네, 베리쉬. 이건 미친 짓이고 우린 무력하

지. 그대들이 사라지면 이것도 사라질 걸세. 그 전엔

안 돼.

멘델   그건 절대 사라지지 않습니다. 희생자들이 모두 없어

진다 해도요. 미워하고, 비난하고, 살해할 유대인이

더 이상 없다면 어떻게 될까요? 모르십니까? 전 압니

다. 서로가 서로를 미워하고, 멸시하고, 죽일 겁니다.

당신들은 그걸 배워서 우릴 상대로 연습하지요. 나중

엔 같은 민족에게 할 거고, 그다음엔 자기 자신에게 할 겁니다.

신부   자넨 말을 참 잘, 그리고 겁 없이 하는군. 자넨 누군가?

멘델   유대인입니다.

신부   어떤 종류의 유대인?

멘델   한 종류밖에 더 있습니까? 당신들 눈에 유대인은 다 똑같지요.

신부   자넨 참 겁 없이 말해. 이유를 알고 싶네.

멘델   걸인들은 두려움을 격파하는 법을 빨리 배우니까요.

신부   (세 음유시인을 하나씩 바라보며) 그 말이 사실이길 바라네. 특히 오늘 밤에 말이야.

베리쉬   왜 오늘 밤이오?

멘델   난 알 것 같군요. (신부에게) 얼마나 나쁜 일입니까? 제발 솔직하게 말씀해주십시오.

신부   (입술을 깨문 뒤, 염려하는 말투로) 난 베리쉬, 자넬 보러 왔네. 일행이 있을 줄은 몰랐어. 난 자네에게 주의를 주러 왔네. 그리고 친절한 충고도 해주려고 했지. 며칠, 아니, 몇 주 동안 도망가 있게. 어딘가에 숨어 있으라고… 숲 같은 곳에. 친구들과 함께 말이야. 어디

45

든 가게. 그리고 다 끝날 때까지 숨어 있게. 사람들은 유대인의 피에 굶주려 있어. 내가 해줄 수 있는 말은 이것뿐이네. (잠시 꼼짝 않고 있다가, 다시 표정을 바꾸어) 그리고 난 맛있는 와인이나 야시가 마시고 싶은데. 마리아?

　　(마리아가 술을 준다. 베리쉬는 신부에게 가까이 다가간다.)

베리쉬　그게 사실이오? 아니면 그냥 뭔가 좀 얻으려고 우리를 겁주는 거요? 도대체 왜 오셨소?

신부　기독교인으로서의 자선이야, 베리쉬. 순수한 기독교인의 자선이라고. 그건 여전히 존재해. 우리가 서로 알고 지낸 게 몇 년인가. 난 자네를 돕고 싶네. 자네와 자네 딸을 보호하고 싶다고. 자네, 도망갈 수 있겠나? 기독교인 가족이랑 지낼까? 난 기꺼이 자넬 우리 집으로 데려갈 수 있네만, 거긴 안전하지가 않아. 사람들은 우리의 우정에 대해 알고 있네. 지토미르로 가면 어떻겠나? 아니면 베르디체프는?

베리쉬　언제 말이오?

신부　빨리… 최대한 빨리 말이야. 내일? 오늘 밤? 그렇지 않으면… 상황이 나빠지면… 진짜 나빠지면… 우리

46

에겐 늘 방법이 하나 있지.

베리쉬 무슨 생각을 하고 있는 거요?

신부 알잖은가, 십자가….

베리쉬 그게 무슨 놈의 보호요!

신부 그보다 더 효율적이고, 대가가 더 적은 방법 아냐?

베리쉬 꼭 산 사람을 지켜주겠다면서 제안하는 죽음의 천사
       같네요!

신부 비유 고맙네. 하지만 말이야, 죽음의 천사도 최소한
       한 가지 미덕은 있네. 믿을 수 있다는 거지. 그는 신뢰
       할 수 있어. 자넨 누굴 신뢰할 수 있나? (베리쉬는 대답
       하지 않는다.)

마리아 (그를 대신해 대답한다.) 신요.

신부 신?

마리아 네, 신요. 유대인들의 신. 그래요. 그들도 그들의 신이
       있지요. 난 그분을 믿어요.

신부 왜 안 되겠어, 마리아? 자넨 유대인이 아니야. 자넨
       유대인의 신을 믿어도 돼. 하지만 저들은 안 되지. (베
       리쉬의 어깨에 팔을 두르며) 하지만 자넨 날 믿어도 돼,
       주인장. 난 자네의 친구니까. (세 유대인에게) 자네들
       도. 난 자네들 편이야. 내 말을 들게. 도망가. 지금 당

47

장. 그리고 내가 경고했다는 말은 하지 말게.

> (신부가 나간다. 마리아는 그의 등 뒤로 문을 닫는다.)

마리아 신경 쓰지 마세요, 주인님. 신부님은 취했어요.

베리쉬 (이리저리 서성거리며) 죽여버릴 거야, 마리아. 자네에게 맹세해. 이번엔 반드시 내가 죽일 거야.

마리아 전 한나를 데리고 갈게요.

베리쉬 어디로 갈 건데?

마리아 자프리차요. 어머니의 오두막집이 있는데 한나와 제가 있기엔 충분해요.

베리쉬 한나는 나랑 있어야 해.

마리아 주인님도 오세요, 그럼.

베리쉬 그럼 저 사람들은?

마리아 우린 '모두' 거기로 갈 수 있어요.

베리쉬 사람들은 네 엄마를 알아. 당장 우리를 찾아낼 거야.

마리아 어쨌든, 주정뱅이의 횡설수설에 귀를 기울인 우리가 바보죠.

얀켈 (맘을 놓고 싶어서) 어, 그러니까 신부님이 우리를 겁주려고 한 거네요.

아브레멜 그리고 성공적으로 해냈지.

베리쉬 (여전히 공포의 환영에 사로잡혀) 이번엔 내가 죽일 거야.

맹세해. 이번엔 죽인다.

멘델 안 돼. (모두 황당한 표정으로 일제히 그를 쳐다본다.) 당신에게 한 말이 아니오, 베리쉬. 당신에게만 한 말은 아니라는 거지요. 모두에게 말한 겁니다. 우리 모두. 난 "안 돼"라고 말했습니다. 두려움을 거부한 거예요. 이게 뭡니까! 고작 몇 마디 말로 우리 노래를 막으려고? 오늘 밤은 부림절입니다. 그리고 부림절은 공포가 끝나고 기쁨이 시작된 걸 기념하는 날이에요.

베리쉬 당신은 미쳤어, 이 정신 나간 거지! 당신은 미쳤어!

마리아 저 사람 말이 맞아요! 우리 한번…

베리쉬 마리아! 너도 정신이 어떻게 된 거야?

멘델 주인장, 더 좋은 해결책이라도 있습니까? 없죠? 그럼 우리 말대로 해보시지요. 계속 해봅시다. 신부가 왔다 간 적이 없는 것처럼 말입니다. 샴고로드에 학살이 없었던 것처럼 말입니다. 살인자들에게 살인이 허용되지 않았던 것처럼 말입니다. 우리 조상들이 한 것처럼 부림절을 기념합시다.

베리쉬 당신들은 미쳤어, 이 정신 나간 거지들. (잠시 멈췄다가) 우린 다 미쳤어. 부림절은 끝났어. 영원히.

멘델 그래서요? 미친 사람들만이 부림절에 경의를 표하는

49

	법을 압니다. 부림절은 미치광이들을 위한 거예요!
마리아	미치광이 만세! 부림절 만세! 오세요, 제가 술을 부어 드리지요! 날 포함해서 모두에게! (그들은 술을 마신다. 마리아가 술을 따라준다.)
얀켈	어, 마리아, 사랑에 빠진 거군요?
마리아	(험악하게) 당신은 사랑에 빠진 여자를 그런 식으로밖에 상상하지 못하나요? 상상력이 부족하시네요, 불쌍한 우리 음유시인님.
아브레멜	사랑에 빠진다는 게 어떤 거예요, 마리아? 어떤 느낌이 들지요?
얀켈	그래요, 말해줘요!
마리아	난 지금 기분이 좋아요. 왜 그걸 망치려고 하세요? 오늘 밤 난 당신들과 즐기고 싶어요. 오늘 밤엔 내가 사랑에 빠졌었다는 사실도 잊고 싶다고요. 그러니 여러분 제발, 날 건드리지 마세요. (모두 웃는다.)
멘델	우린 술이 취했소. 노래도 불렀지. 하지만 아직 공연을 못했소. 자비로운 주인장에게 우리가 얼마나 멋진 배우들인지 보여줍시다. 무슨 공연을 할까?
베리쉬	내가 골라도 되겠소?
멘델	물론이죠. 여긴 당신의 극장이니까요.

마리아	극장 만세… 근데 극장이 뭐예요?
베리쉬	뭔가를 하지 않고도 그것을 하고, 말하지 않고도 그 것을 말하는 것, 그러면서도 자기가 뭔가를―무엇이 든―말하고 행동했다고 생각하는 것. 그게 바로 극장 이지.
마리아	그렇다면… 난 벌써 극장을 만들었네요! 이야!
아브레멜	우린 뭘 공연하지?
얀켈	이거 어때? 자신이 너무 많이 알려진 것 때문에 고통 스러워하는 무명의 주인.
아브레멜	(고개를 흔들며) 너무 비현실적이야.
얀켈	솔로몬 왕과 그 왕위를 빼앗은 마귀.
아브레멜	그건 너무 현실적이야.
얀켈	그럼 우리 주인장의 반대를 무릅쓰고, 에스더 이야기 는 어때? 그럼 술을 마실 수 있어. 아주 많이… 신 없 이 말이에요. 약속해요!
마리아	좋아요! 그럼 제가 왕후 역을 하지요.
얀켈	하지만 당신은 유대인이 아니잖아요!
마리아	왕후도 아니죠. 그럼 누가 왕후 역할을 해요? 혹시 당신?
얀켈	이봐요, 주인장. 당신 딸 없소?

마리아　좋아요, 한나보고 여왕 하라죠. 하지만 너무 기대하진 마세요.

아브레멜　난 유대인이 아닌 유대인 여왕을 경배하고 싶진 않아요.

얀켈　그럼 다른 걸 하자. 제물로 바친 이삭? 아주 좋다고. 사람들이 다 울어!

베리쉬　난 아냐.

얀켈　당신은 이삭에게도 불만 있습니까? 그가 당신에게 무슨 짓을 했다고?

베리쉬　난 기적을 믿지 않아. 그런 건 책에나 존재하지. 그리고 책은 무슨 얘기든 지어낼 수 있소.

아브레멜　그러니까요, 주인장… 당신 말은…. 당신은 크게 말해선 안 되는 것들이 있다는 걸 모릅니까? 내가 우리 마을의 공식 광대였을 때 가끔 고위관리를 불쾌하게 할 때가 있었는데, 그 직접적인 결과로 난 먹지도 말하지도 못하고 꼼짝없이 서 있기만 했었죠. 당신은 신이 지방 관리보다 더 관대하다고 생각하십니까?

얀켈　맞아요. 정말 맞는 말이에요. 바로 당신 때문에 불운이 찾아올 수 있다니까요. 당신이 자꾸만 말하니까 갑자기 재난이 찾아오는 거예요. 당신이 말한 것 때문에.

마리아 공연은요? 극장은요? 우리의 기념 파티는 어떻게 된 거예요?

멘델 (생각에 잠겨 있다가) 베리쉬… 당신은 저 신부를 압니까?

베리쉬 어… 그렇소.

멘델 잘 아는 사람입니까?

베리쉬 난… 그렇다고 생각하오. 이웃이나 손님을 아는 것처럼… 아는 누군가를 아는 것처럼 그를 알고 있소.

멘델 그에 대해 어떻게 생각하십니까?

베리쉬 신부로서?

멘델 사람으로서요.

베리쉬 남들처럼 탐욕스럽고 사악한 인간이지. 아냐, 그건 사실이 아니오. 그는 남들과 달라. 그다지 용감하진 않지만 전혀 사악하지 않소.

멘델 그의 말을 진지하게 받아들여야 할까요?

베리쉬 그의 설교 말이오?

멘델 경고 말입니다.

베리쉬 (망설이다가) 그는 술을 좀 마시지만… 집단학살에 대해선 늘 진지하게 받아들일 필요가 있소.

멘델   그럼 집단학살이 일어날 수 있다는 건가요?

베리쉬   집단학살은 늘 일어날 수 있소.

멘델   샴고로드에서요? 누굴 상대로 말입니까?

베리쉬   저 사람들을 몰라서 그러시오? 저들은 유대인에 대한 집단학살을 초래하는 유대인들을 원치 않는 거요.

멘델   마리아?

마리아   맞아요. 충분히 일어날 수 있는 일이죠. 특히 그 사건들이 일어난 이후로… 폭동이 모든 사람들을 미치광이로 만들었어요. 우크라이나인들은 폴란드인에게 화가 났지만 그들이 죽인 건 유대인이었죠. 몇 마디 말과 병 몇 개에 온 마을이 불에 탔어요. 하지만….

멘델   하지만?

마리아   신부님은 종종 취해 있어요. 그는 분명 마지막 집단학살이 기억난 거예요. 그래서….

얀켈   아마도 신께서 자비를 베푸실 겁니다.

베리쉬   또 시작이야?

아브레멜 그게 맘에 들지 않습니까? 그럼 듣지 마세요. 우리는 신의 자비가 필요하니까요. 왜 자비를 구하면 안 됩니까?

얀켈   왜 자비를 바라면 안 되나요?

베리쉬 　그야 신은 피도 눈물도 없으니까! 모르시오? 얼마나 더 그의 맹목적인 노예로 남아 있을 거요? 나는 더 이상 그를 믿지 않소. 차라리 신부의 취기를 믿겠소. (충격을 받은 사람들의 표정을 보고) 왜 그러시오? 내 말투가 맘에 안 드시오? 내가 거짓말하길 원치 않는다면 어떻게 말하길 기대하는 거요? 신은 신이고, 나는 고작 여관주인이오. 하지만 그는 내가 분통을 터뜨리는 걸 막지는 못할 거요! 결코 내 진실을 막지 못할 거요! 당신들도 마찬가지고!

멘델 　당신의 진실이 도대체 뭡니까?

베리쉬 　그게 뭔지는 나도 모르지만, 분명한 건 그게 분노의 진실이라는 거지! 그래, 나는 분노로 끓어오르고 있어. 이유는 묻지 마시오. 당신들도 알잖아! 당신들이 모른다 해도, 난 알아. 하지만 당신들도 분명히 알아. 샴고로드에 있는 이상, 당연히 알아야 해. 샴고로드에서 신의 자비 운운하는 건 모욕이요. 오히려 그의 잔인함에 대해 말해야지. 내 말 알아듣소?

멘델 　알겠습니다. 계속하시지요.

베리쉬 　나는 그가 왜 살인자들에게는 힘을 주고 피해자들에게는 눈물과 수치스러운 무력함만 주는지 이해가 안 되오.

멘델 그러니까… 이해가 안 되시는 거군요. 저도 그렇습니다. 그게 신을 거부하는 이유의 전부입니까? 이해가 된다면, 그분을 받아들이시겠습니까?

베리쉬 아니, 안 그럴 거요.

멘델 왜요?

베리쉬 왜냐하면 난 이해하기를 거부할 거니까. 난 그를 용서하지 않기 위해 이해하지 않을 거요.

멘델 당신이 고통을 겪었기 때문에?

베리쉬 내 고통은 이것과 아무 상관이 없소.

멘델 그럼 누구의 고통과 상관이 있는데요?

베리쉬 누구의 고통? (어조가 바뀐다.) 됐소.

멘델 '난' 알고 싶습니다.

베리쉬 웃기지 마시오. 그런 건 아무도….

(슬픈 분위기가 시작된다. 모두가 그의 경험을 떠올린다.)

마리아 여러분, 내 목숨을 걸고 맹세하지만, 우리 주인님 얘기는 사실이에요. 당신들은 여기에서 무슨 일이 일어났는지 결코 이해하지 못할 거예요. 우리가 본 것은 아무도 억지로 보게 해서는 안 되는 거였어요.

멘델 난 알고 싶습니다. (마리아가 고개를 젓는다.) (단호하게)

얘기해주세요. (성이 나서) 알고 싶다고요.

베리쉬   저것 좀 봐! 뿔이 난 희극배우라니! 당신, 얼마 만에 화를 내는 거요?

멘델   (망설이며) 모르겠습니다…. 아녜요, 압니다. 다른 삶을 살 때 그런 일이 있었죠. 음유시인이 되기 전에 말입니다. 걸인이 되기 전에요.

베리쉬   난 여관주인이었고, 지금도 여관주인이지. 하지만 그날 밤 이후로 난 더 이상 동일한 사람이 아니라는 느낌이 들어. 그날 밤, 삶은 흐르길 멈췄소. 더 이상 아무것도 중요하지 않고, 아무것도 존재하지 않아. 베리쉬는 살아 있지만, 난 그가 아냐. 삶은 계속되지만, 그건 저 바깥, 내게서 먼 곳의 일이지.

멘델   하지만 삶은 분명 계속됩니다. 그게 바로 즐거워할 이유 아닙니까? 삶은 이전처럼 계속되니까….

베리쉬   이전처럼은 아니야. 전엔, 모든 게 달랐어. 나도 달랐지. 땅의 기운이 내 안에 넘치고, 세상이 주는 활력이 흘러넘쳤지. 나는 내 충직한 단골손님들을 사랑했어. 가끔은 못된 짓을 하거나 돈을 안 내려고 하는 사람도 있었지만 말이야. 그럼 내 강한 주먹으로 충분히 그들에게 한 수 가르칠 수 있었지.

난 행복했고 주변이 행복한 걸 보는 게 좋았어. 내 집이나 이 여관을 빈손으로, 또는 배가 주린 채로 떠난 사람은 아무도 없었어. 나는 주는 걸 좋아했거든. 왜 안 그랬겠어? 부자한테 받아서 가난한 사람들한테 주는 건데. 슬픈 얼굴에 미소가 살짝 스쳐 지나가는 것만 봐도 내게 그보다 더 아름다운 상은 없었어. 난 바보같이 눈물이 나는 걸 참으려고 애써야 했지.

그런데 이 모든 것에 신이 어디 있냐고? 진실을 듣고 싶소? 사실, 전엔 이랬소. 그가 내 어깨를 두드리며 마치 이렇게 말하는 듯했지. '보아라, 베리쉬, 네가 존재하는 것처럼 나 역시 존재한다!' 그러면 난 그저 그를 기쁘게 하기 위해 뭔가를 드렸소. 안식일의 작은 기도, 속죄일의 참회 기도, 유월절 전날의 멋진 식사. 그럼 우리 둘 다 만족해서, 각자의 일터로 돌아갔지. 바보 같지만, 어쩔 수 없군. 전엔 그에 대해 거의 생각하지 않았는데, 지금은 그러고 있다니. 이런 내 자신이 너무나 밉소!

얀켈 이전의 나? 난 말이 질주하도록 내버려두곤 했지. 그리고 바람을 향해 소리쳤지. 제가 갑니다, 죽임 당한 우리 조상의 신. 당신께 제사를 드리러 갑니다. 당신을 어디로 모실까요?

아브레멜 난 노래하고 있었네. 태양 아래 무엇이든, 모든 것에 대해 노래했지. 심지어 태양 위에 있는 것도. 그리고 그분도 그러하셨네…. 그리고 우리는 서로에게 지지 않으려고 애썼지.

> (그들은 향수에 젖어 과거를 회상한다. 자신을 드러내고 싶어 하지 않는 멘델을 제외하고.)

멘델 당신은 어땠소, 마리아?

마리아 나요? 이전의 당신 전에 나 자신의 내가 있었죠. 나는 사랑과, 사랑의 잔인함을 알게 됐어요. 그런 것인 줄은 몰랐었죠… 근데 지금 내가 뭘 하는 거죠? 왜 바보 같은 얘길 하며 횡설수설하고 있죠? 당신들은 신에 대해서 얘기하는데, 난―교회에서 신부님이 주님의 고난 얘기를 할 때가 있거든요―주님이 고난당하신 게 맞을까 궁금해져요. 주님도 설교를 들어보셔야 한다니까요! (한 가지 생각이 떠오른다.) 그의 제안을 받아들이는 게, 아니면 적어도 생각이라도 해보시는 게 어때요?

베리쉬 (놀라서 흠칫하며) 무슨 제안?

마리아 신부님의 제안요.

베리쉬   도망가서 숨으라고? 다 쓸모없는 짓이라는 거 알잖아.

마리아   아니요, 제 말은… 그가 보호해주겠다는 제안 말이에
         요. 손해 보는 것 없잖아요? 안전하게 가는 게 뭐가
         나빠요?

멘델   그래서 십자가 앞에 무릎을 꿇는다고요?

마리아   누가 보겠어요? 누가 아냐고요. 하나, 둘, 셋을 세면
         끝나요. 그렇게 해요. 주인님의 신이든 내 신이든 그
         를 위해 해요. 이럼 어때요? 저를 위해 하세요. 절 기
         분 좋게 해주기 위해서요.

베리쉬   마리아, 마리아… 왜 그런 말도 안 되는 얘길 해? 우
         리가 믿음을 저버리는 걸 보고 싶은 거야?

마리아   전 주인님이 살아 있는 게 보고 싶어요. 제 말 아시겠
         어요? 살아 있는 거요!

베리쉬   우리가 거짓 삶을 살길 원해?

마리아   삶은 거짓이 아니에요. 사는 것은 거짓말이 아니죠!
         값을 매길 수 없는 무언가를 위해 바보 같은 값을 치
         르는 게 얼마나 든다고요? 다른 걸 생각하면서 몸을
         좀 굽히고 몇 마디 말을 하는 게 다잖아요? 맘속으로
         당신의 신에게 기도하면서 제 신에게 좋은 말 몇 마디
         해주는 게 얼마나 큰 거라고 그래요? 당신 신은 용서

하실 거예요. 제가 약속해요.

멘델   아마 그분은 용서하실 겁니다. 저는 그렇지 않겠지만.

마리아   그럴 줄 알았어, 이 늙은이! 당신은 우리에게 하등 도
움이 안 돼! 여긴 왜 온 거예요? 왜 당신은 신보다 더
가혹하죠? 신을 위해 죽어야 한다는 게 어디 쓰여 있
나요? 난 무식한 시골 여자라 읽고 쓸 줄도 모르지만,
난 알아요. 네, 알아요! 삶은 신이 주신 거고, 신만큼
이나 소중하고 유일무이하다는 것을요. 신은 신이에
요. 친절하실 때도 있지만, 다른 땐 그렇지 않죠. 그래
도 그분은 여전히 신이에요! 삶도 그렇죠. 달콤할 때
도 있지만, 다른 땐 그렇지 않아요. 하지만 삶은 삶이
고, 모든 걸 정당화해요.

베리쉬   아냐, 마리아! 삶이 정당화하지 못하는 것들도 있어.

마리아   하지만 왜요, 주인님? 왜요? 왜 아무것도 아닌 걸로
큰일을 만드시는 거예요?

멘델   죽는 게 아무것도 아닙니까?

마리아   (초조하게) 난 죽음에 대해 얘기하는 게 아니에요. 신
에 대해 얘기하는 거죠.

멘델   그럼 신이 아무것도 아닙니까?

마리아   날 혼란스럽게 하지 마요. 벌써 혼란스럽다고요! 난

신이 아무것도 아니라고 하지 않았어요. 오히려 신은 지나치게 중요하죠! 우리 신은 날 박해하시지 않아요. 하지만 당신들의 신은 그것밖에 하지 않죠. 왜 그분을 속이면 안 되나요? 하루, 아니면 한 주 동안 그분께 등을 돌리면 왜 안 되죠? 그저 그분께 교훈 하나를 가르쳐주자는 거예요!

멘델   무슨 교훈이요? 우리가 무릎을 꿇을 수 있다는 것?

마리아   그게 어때서요! 무릎 좀 꿇으면서 짧은 문장 몇 개 속삭이고, 하나, 둘, 셋 하고 다시 일어서면 되는걸요!

멘델   틀렸소, 마리아. 한 번 무릎을 꿇으면 다시는 바로 설 수 없어요.

마리아   (거의 신경질적으로) 그럼 그런 척해요! 빌어먹을, 그런 척만 하라고요!

멘델   그건 속임수요, 마리아! 우리는 그런 속임수는 쓰지 않아요!

마리아   (자포자기하여) 그럼… 한나는요? 주인님, 우리 한나는요? 한나는 어떡하지요?

        (회고 반투명한 실루엣이 문가에 나타난다. 허약해 보이는 그녀는 구름 위를 걷는 듯 보인다. 그들은 모두 동시에 그녀의 존재를 인지한다.)

베리쉬   한나! 너 여기서 뭐….

한나   말소리… 말소리가 들렸어요. 난 말소리 듣는 게 좋아요.

멘델   (다정하게) 무슨 말을 들었니?

한나   그 사람들이 말하길, 사랑은 가능한 거래요. 그리고 즐거운 거래요. 행복은 신께서 그분의 모든 자녀에게 주신 선물이래요. 그들이 "춤을 추렴" 하기에 전 춤을 췄어요. "노래하렴" 하기에 춤을 추고 노래를 불렀어요. 그들이 "사랑해라" 해서 전 사랑해요. 모두를 사랑해요. 그들이 "살아라" 하기에 전 이렇게 말했죠. "하지만 전 살아 있는걸요. 제가 살아 있는 게 안 보이세요?"

마리아   자, 우리 예쁜이. 다시 자러 가자.

한나   전 깨 있을래요. 손님이 계시네요. 제가 아는 분들인가요?

멘델   아니, 한나. 그렇지 않아.

한나   전 당신들을 알고 싶어요. 정말이에요. 전 두렵지 않아요. 전 정말 낯선 사람들이 두렵지 않아요.

멘델   우린 네 말 다 믿는다.

한나   제가 왜 두려워해야 하죠? 아무도 날 해치지 않았어요. 이곳의 겨울밤은 조용해요. 몇몇 별들이 피에 젖는다면, 그건 해가 그 어둡고 앙증맞은 몸을 뚫고 들어갔기 때문이죠. 밤은 비명을 지르고, 그 비명이 별이 되죠. 보이세요? 하지만 그런 건 우리랑 상관이 없어요. 그런데 왜 제가 밤을 두려워해야 하나요? 그리고….

마리아   한나, 네 말이 모두 옳아. 두려워할 건 하나도 없어. 그리고 아무도 그 무엇에 대해서도 두려워하지 않아. 자, 방으로 가자.

한나   하지만 손님들을 저렇게 두고 가는 건 예의가 아니에요! 제발, 마리아! (멘델에게) 당신들은 누구세요?

멘델   친구들이란다.

한나   우리 아버지의 친구들?

멘델   너의 친구들이기도 하지.

베리쉬   저 사람들은 '부림절 연극인'들이야.

한나   정말이요? 오, 무척 기쁘네요. 제발 공연을 해주세요. 노래를 불러주세요. 아무 거나요! 자장가? 동화?

얀켈   (아브레멜에게) 들었어? 자, 노래하자고!

아브레멜   꿈을 꾸고 또 꿔서 결코 꿈꾸는 걸 멈추지 않은 한 소녀에 대한 노래 알아? 시간이 흐르고 또 흘렀지만 소

64

녀는 여전히 꿈을 꾸고 있었지….

한나   와, 진짜 좋아요! 계속해주세요!

아브레멜   어느 날 밤, 소녀는 한 거지를 만났는데, 그는 그녀를 보며 슬프게 미소 지었어. "죄송해요." 소녀는 말했지. "당신에게 줄 수 있는 게 없어요. 전 가진 게 없거든요. 제겐 아무것도 없어요. 이건 다 꿈이거든요. 그냥 꿈이에요." 거지가 대답했어. "상관없어요. 제가 당신에게 바라는 건 딱 하나뿐이거든요." 소녀가 물었어. "딱 하나?" 그러자 거지는 이렇게 대답했어. "저를 당신의 꿈으로 데려다주세요." 그 말을 듣자 소녀는 꿈에 깨어났지.

한나   오, 어쩜 이렇게 아름다울 수가! (목소리를 낮춰서) 내가 그 소녀예요? 당신들은 내 꿈에 있는 거고? 난 꿈에서 깨어날 건가요? 거지가 사라진 걸 발견하게 될까요? 당신들이 사라진 것도? (웃음을 터뜨린다.) 걱정 마세요, 친구 여러분. 당신들은 결코 사라지지 않을 거예요. 내가 선포하노니, 그대들은 영원히 죽지 않을 것이다!

      (잠시 모두가 침묵하며 꼼짝 않는다.)

마리아   자, 우리 아가. 우린 가자. 친구들은 또 만날 거야.

내일.

(두 여인이 천천히 퇴장한다.)

멘델　　(한숨을 쉬며) 내일.

(무거운 침묵이 감돈다.)

얀켈　　글쎄… 난 내일에 대해 생각하면 어제가 기억이 나. 네미리프*에서 멀지 않은 곳에 한 마을이 있었지. 거리와 마당에 시체들이 널려 있었던 게 기억 나. 사람들은 시체를 내 마차에 싣고 어디로든 가라고 했지. 난 미치지 않으려고 말에게 말을 걸었던 기억이 나. 내 자신에게 말을 하면서 시체들에게도 말을 걸었지. 나는 말했어, 나는 말했어….

아브레멜　　마지막 결혼식. 마지막 노래. 마지막 수수께끼. 손님들은 웃으면서 동시에 울지. 신랑 신부를 보면서 나는 그들을 맺어준 하늘에 감사해. 갑자기, 살인자들이 들이닥쳤고 도처에 피가 낭자하지. 모든 게 너무나 빨리 일어나서 난 본능적으로 계속 운율을 맞춰 노래해. 한참이 지나서야 나는 내가 죽은 자들을 즐겁게 해주려

---

* 우크라이나의 소도시. 1648년 코사코인의 폭동 당시 6천 명에 이르는 유대인이 살해되었다 ─ 옮긴이.

66

고 애쓰고 있다는 사실을 깨닫지.

베리쉬 내가 기억하는 건… (자제하며) 아니, 난 내가 기억하
는 걸 말해주지 않을 거요.

얀켈 두려웠어. 내가 두려워한 게 기억 나. 또 다른 마차,
또 다른 말이 달리는 길로 돌아가는 것이 두려웠어.

아브레멜 난, 죽은 사람을 위해 노래하는 게 두려웠어. 할 수 있
다는 것도 두렵고 할 수 없다는 것도 두렵고….

베리쉬 (멘델에게) 당신은? 당신은 두렵지 않소?

멘델 전혀.

베리쉬 거짓말 마시오. 당신은 두려워하오. 우리 모두가 그래.

멘델 난 진리와 인간의 한계를 보았습니다. 난 더 멀리, 그
리고 더 높이 보았습니다. 두려움은 더 이상 나를 지
배하지 못합니다.

베리쉬 믿을 수 없소.

멘델 나는 죽음을 두 눈으로 똑똑히 봤습니다. 역사하시는
신도 보았습니다. 그래서 난 결코 뒤돌아서지 않을 겁
니다.

베리쉬 모두가 두려워해. 고통을 겪는 것이나 고통을 목격하
는 것을 두려워해. 죽는 것과 죽음을 목격하는 것을
두려워해.

멘델   난 두렵지 않습니다.

베리쉬   모두가 벌벌 떨지. 당신도 예외가 아니야. 온 세상이
        내게 겁을 줘. 낯선 사람이든 이웃이든, 술에 잔뜩 취
        한 사람이든 정신이 또렷한 사람이든, 너무 열정적인
        사람이든 너무 무관심한 사람이든, 그들은 다 나를 놀
        라게 하지. 모든 게. 햇빛도 어둠도. 새벽도 황혼도.
        거리도 지하실도. 숲도 들판도. 구름도 무지개도. 다
        원수를 돕는 존재야. 부정하지 마시오. 당신도 나처럼
        생각하잖아. 당신 또한 두려워하고 있소.

멘델   전 두렵지 않습니다.

베리쉬   당신은 거짓말을 하고 있어. 당신은 거짓말쟁이야.

멘델   아닙니다, 주인장. 그렇지 않아요.

베리쉬   "그럼 이 모든 것에 신은?" 당신은 신이 두렵지 않
        소? 신조차도?

멘델   (주저하며) 제가 신을 '위해' 두려워한다고 한다면 어
        쩌시겠습니까? 당신은 두려움과 경외를 혼동하는 것
        같습니다. 저는 신을 경외합니다만, 그분을 두려워하
        진 않습니다.

베리쉬   거짓말 마시오. 온 세상이 우리 적일 때, 신 자신이 원
        수 편일 때, 신 자신이 적일 때, 어떻게 두려워하지 않

을 수가 있소? 인정하시오. 당신은 신을 두려워하오. 신을 사랑하지도 경배하지도 않아. 신이 당신 안에 불러일으키는 건 두려움뿐이오.

멘델   도둑질하고 살해하는 건 사람입니다. 그런데 당신은 신이 두렵습니까?

베리쉬   남자와 여자가 두들겨 맞고, 고문을 당하고 죽임을 당하고 있소. 그런데 어떻게 신을 두려워하지 않을 수 있단 말이오? 당신 말이 맞아. 그들은 사람들의 희생자요. 하지만 살인자들은 그분의 이름으로 살인하오. 다 그런 건 아니라고? 맞아, 하지만 숫자는 중요하지 않지. 한 살인자가 그분의 영광을 위해 살인하게 두면 신에게 책임이 있는 거요. 고통당하거나 고통을 야기하는 모든 사람, 강간당한 모든 여인, 학대당하는 모든 어린이는 신이 연루되어 있음을 보여주오. 왜, 이걸로도 부족하오? 백 개가 필요하오, 천 개가 필요하오? 보시오. 신은 책임이 있거나 책임이 없거나 둘 중 하나요. 책임이 있다면, 신을 재판에 넘깁시다. 신께 책임이 없다면, 우릴 그만 심판하라 하시오.

　　　(이 논쟁으로 그들은 모두 화가 났다. 마리아가 돌아왔다. 그녀는 이야기를 다 듣고 있었다.)

마리아	당신들 모두 미쳤어요? 주인님, 제발 신에 대한 얘기는 그만해요!
멘델	괜찮을 겁니다, 마리아. 신이 '우리'를 가만히 내버려두시기만 한다면 말이죠.
베리쉬	맞아. '그'를 내버려두어선 안 되지! (음유시인들에게) 당신들, 연극을 하고 싶다고 했소? 하시오! 대신 주제는 내가 고르겠소. 딘-토이레*! 그게 내가 원하는 거요!
마리아	그게 뭔데요?
얀켈	그건 처음인데요. 우린 그런 건 안 해봤어요.
아브레멜	딘-토이레? 갑자기 웬? 왜요? 누가 여는 건데요?
마리아	(약이 올라서) 그게 뭐냐고요!
얀켈	누가 참여하는 딘-토이레인데요? 상대는 누구고?
베리쉬	부림절 기념으로 공연하고 싶소? 좋아, 재판을 무대로 올립시다! 상대가 누구냐고? 이런 머저리들을 봤나! 아직도 모르겠소? 우주의 창조주! 최고의 심판자가 상대가 되는 거요! 이게 당신들이 오늘 밤 무대에 올릴 공연이요. 그거 아니면 안 돼. 선택하시오!

---

* 재판―옮긴이.

70

멘델	당신 말은 진짜… 가짜 재판을 하라는 겁니까?
베리쉬	물론이지!
멘델	신을―그분의 이름을 찬양할지어다―그분을 피고로 한다고요?
베리쉬	그렇소. 그것 빼곤 다른 것과 똑같은 재판이지. 그래! 신을 피고로 하는 거야!
얀켈	하지만 만약 판정이….
아브레멜	유죄로 나면 어떡하냐고?
베리쉬	그게 뭐 어때서! 부림절 아니오. 부림절에는 모든 게 되잖아! (의기양양하여) 어때? 동의하시오?

> (이어 긴 침묵이 흐른다. 얀켈와 아브레멜은 못마땅한 내색을 한다. 멘델은 그렇지 않다.)

베리쉬	(신이 나서) 동의하시오? 동의해? 내가 말하는 '부림절 연극'을 할 용기가 있으시오? 말해보시오! 끝까지 가볼 용기가 있냐고! 전엔 아무도 입 밖에 내지 못했던 말을 하고, 감히 아무도 질문하지 못한 것을 질문할 수 있겠소? 전엔 아무도 분명히 설명할 용기를 내지 못했던 것에 답하고, '진짜' 피고인을 고발할 수 있겠소? 그럴 용기가 있냐고! 말해보시오!
멘델	(그를 뚫어지게 바라보며) 예, 주인장. (두 친구가 깜짝 놀라

그를 유심히 본다.) 맞습니다. 오늘 밤은 부림절이지요. 그리고 내일 우린 죽을지도 모릅니다. 신부 말이 맞을지도… 또는 틀릴지도 모르지요. 원수는 이길 수도 있고 기다릴 수도 있습니다. 당신의 연극을 무대로 올려봅시다, 주인장. 그리고 자유인으로서 그것을 공연해봅시다.

얀켈   시작할 자유…

아브레멜   그리고 끝마칠 자유?

베리쉬   (벌떡 일어서며 소리친다.) 브라보! 세상이여, 들으라! 인류여, 귀를 열어라! 재판이 시작된다!

멘델   오늘 밤 우리는 무슨 말이든 자유롭게 할 겁니다. 자유롭게 모든 것을 명령하고 상상할 겁니다. 심지어 우리의 불가능한 승리까지도요.

         (스포트라이트가 또다시 '나그네'를 비춘다. 세 방랑자는 그새 늙어 보인다. 베리쉬만이 열정적이다. 마리아는 머리를 흔든다.)

         막이 내린다.

2막

탁자와 의자가 법정의 분위기를 풍기며 재배치되어 있다. 등장인물들은 의식적으로 특정 배역을 연기하는 상황이므로 전보다는 연기가 덜하다.

얀켈	난 좋은 시간을 보내고 싶어. 가면도 쓰고 싶고.
아브레멜	법정에서?
얀켈	오늘은 부림절이야. 맞아, 틀려? 어딜 가나 부림절이라고. 맞아, 틀려? 가면 없는 부림절이 상상이나 돼? 난 안 돼. 내가 마부였을 땐 내 불쌍한 말도 부림절에 가면을 썼단 말이야.
아브레멜	근데 이게 부림절을 기념하는 방식이라고 누가 얘기하던가? 자네의 말이 그랬나?
얀켈	제발 내 말은 놀리지 말아줘! 순교자를 묘지까지 운반한 말이라고! 난 학자가 아니라 마부야. 내가 아는

걸 독학했다고. 그리고 정말이지, 난 가면이 없는 부림절은 좋아하지 않아.

아브레멜 하지만 우린 재판을 할 거라고!

얀켈 가면을 쓰고 하잔 말이야! 난 부림절 가면이 좋아!

아브레멜 가면이 보이는 것 ―또는 보이지 않는 것―을 가려줘서 그러나?

얀켈 가면은 재미있으니까!

아브레멜 위엄은 어떡하고, 얀켈?

얀켈 그게 뭐 어때서? 마부에겐 광대한테 배우라는 교훈은 없어!

아브레멜 화내지 말게!

얀켈 그럼 설교 그만해! 난 그딴 것 싫어! 자네도 재판장이고 나도 재판장이야. 우린… 피고 앞에서 우린 똑같아!

아브레멜 하지만 자넨 재판장 같지 않아. 어릿광대같이 행동하고 있단 말이야!

마리아 오, 난 어릿광대가 좋아요.

아브레멜 오늘 밤 우리가 연기하는 게 뭔가? 어릿광대인가, 재판장인가?

얀켈 우리가 뭘 연기하든 무슨 차이가 있지? 중요한 건 우리가 연기한다는 거야. 그리고 난 가면 안 쓰면 연기 못해!

아브레멜   알았네, 알았어! 가면 쓰게! 서둘러! 어서! (얀켈이 그 말에 따른다.) 내가 마부석에 앉은 자넬 봤다면 누가 마부고 누가 말인지 궁금했을 거야.

얀켈   날 또 모욕하는 거야?

아브레멜   제발 우리가 지금 시장에 있는 것처럼 행동하지 말게!

얀켈   시장에 있는 게 뭐가 문제야? 넌 왜 거기 가는 사람들을 비웃는 거지? 난 종종 거길 갔어. 시장을 사랑했지. 그 소리, 그 외침, 그 냄새. 때때로 난 행복한 사람들을 거기로 데려갔는데 그들은 불행해져서 집으로 돌아왔어. 또는 그 반대로 되든가. 단지 자신이 봐서는 안 될 곳을 봤기 때문이었지. 난 늘 회당보단 시장이 더 좋아!

아브레멜   한 번 마부는 영원한 마부군.

얀켈   이젠 마부까지 무시하네! 도대체 우리가 너한테 뭘 잘못했는데? 돈이라도 훔쳤나? 혹시 너의 딸이라도?

마리아   (멘델에게) 저 사람들 연극하는 거예요? (두 사람에게) 저도 교회보단 시장이 더 좋아요.

얀켈	마부는 어때요? 마부에 대해선 어떻게 생각해요, 마리아?
마리아	남자들이란! (침을 뱉는다.) 남자들은 다 똑같아! 난 남자가 싫어요!
멘델	(위압적으로) 자네들 그만해! (잠시 멈췄다가) 그만하라고 했네!
얀켈	왜? 난 자유인 아니야? 자네가 그렇게 말했잖아. 오늘 밤 우리는 모두 자유라고! 내가 좋은 대로 말하고 행동하게 내버려둬! 오늘 밤은 자유롭게 놔둬.
멘델	우린 자유인의 역할을 연기할 자유가 있지만, 어릿광대처럼 연기할 자유는 없네, 얀켈.
얀켈	어릿광대는 자유로울 권리가 없단 말이야?
멘델	있지. 어릿광대로서의 권리. 하지만 오늘 밤 우리는 재판장이야. 우리는 전체 공동체를 대신해서 말할 걸세.
아브레멜	전체 공동체? 무슨 공동체? 샴고로드엔 아무도 없어, 기억해?
멘델	우리 중 한 사람이 말할 때마다 그는 우리 모두를 대신해 말한다는 말이네. 한 유대인은 혼자라 할지라도 그 자신 이상을 대표하지. 유대인 공동체 전부는 아니더라도 한 유대인 공동체는 대표하는 거야.

아브레멜	(얀켈을 가리키며) 애한테는 너무 복잡한 얘기야!
얀켈	공동체, 공동체. 난 이 말이 좋아지기 시작했어. 이 말을 들으면 마음이 따뜻해져. 하지만 자넨 그걸 너무 자주 사용하지 않는 게 좋겠어. 자네 말이야, 멘델. 난 자네가 좋아. 자네와 함께 있는 것도 좋고. 하지만 내가 다 잊었다고 생각하지 마! 우리 마부들은 기억력이 엄청나게 좋거든. 난 한 번 본 얼굴은 영원히 기억하지.

내가 자넬 본 건… 자네가 우리에게 이 극단을 결성하자고 제안하러 왔던 날이었어. 그때 자넨 어떤 공동체에도 속해 있지 않았어. 그렇지? 그리고 우리가 질문을 던졌을 때, 자넨 대답하지 않았지. 자넨 혼자 있고 싶어 했고, 실제로 혼자였네. 자넨 결코 과거를 우리에게 털어놓지 않았어. 절대 입을 열지 않았지.

우리가 자네에 대해 아는 게 뭔가? 자네가 걸인이라는 것? 그럼 걸인이 되기 전에 자넨 뭐였나? 어떻게 걸인이 된 거야? 자네에게선 말 한마디 끄집어내는 것도 불가능해. 자네와 자네의 침묵, 자네와 자네의 잘난 체하는 태도, 자네와 자네의 고립… 난 그런 자넬 믿을 수 없어. 그런데 자네가 감히 공동체를 운운해?

멘델   그래, 맞아. (한숨을 쉰다.) 전엔 내가 감히 방관자적으
      로 행동했지. 이젠 감히 방관자에서 탈피하려고 하네.
      그리고 참여할 걸세. 그런데 그거 아나? 둘 다 같은
      이유에서일세.

얀켈   무슨 이유?

멘델   그건 자네에게 밝힐 수 없네.

얀켈   왜 안 되는데? 난 알고 싶어. 난 재판장으로서 알 권
      리가 있다고.

멘델   (아브레멜에게) 자네도 알고 싶은가?

아브레멜   난 알아. 하지만… 이해가 안 돼.

멘델   그건 자네 직업 때문이지. 자넨 평생 남을 즐겁게 해
      주려고 노력했어. 사람들을 웃기려고. 그러기 위해선
      그들을 아는 법을 배워야 했지. 그들을 이해하는 법이
      아니라.

아브레멜   그럼 자네는?

멘델   난… 난 이해하네. 난 지식을 추구했고 그것을 얻었
      어. 그 지식을 보호하기 위해 사람들을 멀리하는 걸
      세. 그리고 궁극적으로 날 막아주는 것은 그 지식이
      네. 하지만 그건 다른 사람을 막아주진 않아. (잠시 멈
      췄다가) 우리 둘의 차이가 뭐였을까? 난 사람들을 웃

기려고 애쓰지 않았네.

마리아   이젠 애써봐요! 제발요!

      (세 판사는 마리아의 말에 귀를 기울이지 않지만 그녀는 신경 쓰지 않는다. 마리아는 잔을 씻고, 닦고 치우느라 여념이 없다.)

아브레멜   난 그랬네. 그러는 게 좋았어. 우울하고 슬픈 얼굴들이 마음을 열고 따뜻하고 선하고 인간적으로 변하는 걸 보는 게 정말 좋았지. 내 말은⋯ 아름다웠어. 내 말은⋯ 단순했지. 난 이 마을에서 저 마을로, 이 동네에서 저 동네로, 이 거리에서 저 거리로, 이 회당에서 저 회당으로 다니면서 이렇게 외치곤 했지.

"결혼을 앞둔 분 있습니까? 약혼을 고려하고 있는 분은요? ⋯없어요? 정말 없어요? ⋯왜 없지요? 생각이 바뀐 분 없습니까? ⋯있다고요? 지금 그렇다고 했어요? 좋습니다! 브라보! 마젤 토브*! 전 오늘 여기 머물겠습니다. 특별한 가격에 해드리지요!"

아, 그때가 좋았지⋯. 그거 아나? 때로 사람들은 그저 내가 우연히 그곳에 있었기 때문에 결혼하기도 했다

———

* '축하합니다', '행운을 빕니다'라는 뜻의, 유대인의 축하와 축원의 말―옮긴이.

네. 심지어 집단학살 이후에도, 심지어 집단학살 중
에도 난 거리와 시장과 묘지를 두루 다니며 외쳤어.
"이봐요, 선한 사람들이여, 결혼하기로 계획하신 분
없습니까? 제가 있는 동안 결혼 축하연을 여는 건 어
떠세요?"
나는 산 사람들을 울게 만들었네. 죽은 자들의 경우
엔, 생전에 웃게 했을지도 몰라.

멘델   (꿈꾸듯이) 그럼 이 모든 것에 신은?

아브레멜   난 몰라. 신은 웃고 계셨나, 울고 계셨나?

베리쉬   신 얘기가 나와서 말인데, 이제 본론으로 들어가는 게
어떻겠소?

          (그의 말에 모두 정신을 차리고 현실로 돌아온다.)

멘델   맞소, 주인장. (다른 사람들에게) 준비됐나?

          (얀켈과 아브레멜이 고개를 끄덕인다.)

베리쉬   잠깐만. 얘기할 게 있소.

멘델   말씀하십시오, 주인장.

베리쉬   내 역할에 대해서 말인데, 그건 내가 고르고 싶소.

멘델   왜요? 왜 당신만 그러겠다는 거죠?

베리쉬   당신이 자유를 언급했잖소. 자유롭다는 건 선택할 수
있다는 뜻이지.

멘델	전 괜찮습니다. 선택하세요.
베리쉬	검사요. 내가 하고 싶은 건 그거지, 검사.
마리아	그게 뭐예요?
아브레멜	못되게 굴 권리가 있는 좋은 사람이지요.
베리쉬	오늘 밤 난 못된 놈이 되고 싶소.
마리아	누구한테요?
베리쉬	모두에게. 아니 그 이상.
마리아	그런다고 무슨 소득이 있나요, 주인님?
베리쉬	만족감이지. 그걸로 충분해. 드디어 누구에게든지 맘대로 소리 지르고, 외치고, 비난하고, 모욕하고, 몰아세우고, 겁줄 수 있었으면 좋겠다고.
멘델	(두 동료와 상의하며) 그것엔 반대할 이유가 없네요. 축하합니다, 주인장. 법원은 지금 막 당신을 검사로 임명했습니다. 당신은 임무를 성실하고 정직하게 수행할 것을 엄숙히 맹세합니까, 아니면… 맹세하지 않습니까?
베리쉬	맹세합니다. 단… '엄숙히'는 빼고.
멘델	네?
베리쉬	(어깨를 으쓱하며) 그 말은 맘에 안 들어.
마리아	그게 뭔데요?

베리쉬   몰라, 하지만 맘에 안 들어.

멘델   '성실하게'는요?

베리쉬   좋아.

멘델   '정직하게'는요?

베리쉬   그것도 좋아.

마리아   안 돼요!

멘델   안 된다고요? 마리아, 왜 안 된다는 겁니까?

마리아   그건 제가 진짜 이해하는 말이고요. 그리고 난 그게
         불가능하다는 걸 아니까요.

멘델   당신은 당신의 주인이 부정직하다는 의문을 법정에
         제기하는 겁니까?

마리아   제가 그렇게 얘기했어요? 제가 우리 주인님이 부정직
         하다고 했나요? 사실 그래요! 하지만 주인님은 정직
         하니까 '정직하게'라고 말할 수 없는 거죠! 모르시겠
         어요?

멘델   모르겠습니다.

마리아   정말이에요? 주인님은 지금 연기를 하고 있는데, 어
         떻게 자신이 뭔가를 정직하게 하겠다고 맹세할 수 있
         느냔 말이에요!

멘델   (미소 지으며) 법정이 그에게 기대하는 것은 정직하게

연기하는 것뿐입니다.

얀켈　　인생 최고의 날이구려, 주인장!

아브레멜　　마젤 토브, 마젤 토브! 법정이 허락한다면 그를 기리

며 소네트*를 하나 쓰고 싶네요!

얀켈　　축하파티 합시다!

마리아　　또예요? 저들이 다 망치겠어요!

얀켈　　술이 당기는 상황이잖아요!

아브레멜　　맞아요, 법원의 명령입니다!

마리아　　법원? 그게 뭐예요?

멘델　　'뭐'냐고 할 게 아니라 '누구'냐고 해야 해요.

마리아　　그러시든지요. 법원이 누구예요?

멘델　　우리가 법원입니다.

얀켈　　(아브레멜에게) 마젤 토브.

아브레멜　　(얀켈에게) 난 모든 상황에 어울리는 노랠 하나 알아.

마젤 토브, 마젤 토브,

당신에게 행운이 있기를

마젤 토브

---

* 14행의 짧은 시로 이루어진 서양 시가. 각 행을 10음절로 구성하며, 복잡한 운^韻과
세련된 기교를 사용한다 ─ 옮긴이.

신께서 함께하시기를

마젤 토브

그러니 와인을 맛보세

그리고 값은 잊어버리세

마젤 토브…

>(멘델이 조용히 그를 질책한다. 아브레멜은 정중히 인사
>를 한다.)

멘델   검사님, 괜찮으시다면 법정은 당신께 저희 소개를 드리고 싶습니다. 우리는 용기와 지혜로 우리의 임무를 완수하길 희망합니다. (두 재판장이 인사를 한다.) 그리고 마리아, 끌리는 역할이 있습니까?

마리아   없어요. 웨이트리스가 필요한 게 아니라면…. 오, 이렇게 바보 같을 수가. 내가 웨이트리스인데 웨이트리스 역할을 어떻게 한담. 저, 저는 아무 역할도 하고 싶지 않아요.

멘델   모두가 어떤 역할은 해야….

마리아   그럼 전 청중을 연기할래요.

아브레멜   축하해요, 마리아! 당신의 별이 뜨길, 그리고….

얀켈   마젤 토브! 더 간단하네. 당신이 그토록 중요한 역할을 맡게 될 줄은 몰랐죠? 아, 당신 어머니가 여기 있

었더라면 좋았을 텐데….

마리아　어머니요? 여기서 어머니가 왜 나오죠?

얀켈　그녀는 당신을 몹시 자랑스러워했을 거예요!

마리아　저 사람 완전히 미쳤군요!

아브레멜　신경 쓰지 마세요, 마리아. 그저 우리가 고향에서 썼던 표현이에요. 좋은 일이 생기면 우린 "아, 어머니가 지금 내 모습을 보실 수 있다면!"이라고 말하곤 했거든요.

마리아　하지만 제 어머닌 눈이 반쯤 보이지 않는다고요!

베리쉬　(초조하게) 저 어머니는 잊고 우리가 뭘 하고 있는지나 기억합시다. 시작합시다!

멘델　하지만 한 사람이 부족해요.

베리쉬　그게 누군데? 피고? 신은 그런 데 익숙해.

멘델　신 얘기가 아닙니다. 그분의 변호인 말이지요.

마리아　그게 뭐예요? (말을 고친다.) 그게 누구예요?

멘델　모든 사람에 대해 멋진 말을 하는 비열한 사람이지요.

베리쉬　아첨꾼이지.

마리아　그러니까 거짓말할 권리가 있고 다른 거짓말쟁이에게 아첨하는 사람이란 말이에요?

멘델　정확히 말했어요, 마리아. 그 역할을 하고 싶진 않습니까?

마리아   오, 아뇨! 난 절대 거짓말하지 않고 절대 아첨하지 않아요! 난 속임을 당하고 있고, 아첨을 받고 있어요. 전 청중이에요! 대중이라고요!

멘델   하지만 우린 변호인이 필요해요.

베리쉬   이유를 모르겠군. 피고 없이도 할 수 있으니 변호인 없이도 할 수 있는 것 아닌가.

얀켈   그 말이 맞아.

아브레멜   오, 아닙니다. 우리 규칙을 따라야 해요. 부재한 사람을 재판할 순 있지만, 변호인 없이는 안 돼요. 이 법정엔 반드시 변호인이 있어야 해요.

얀켈   물론이지.

멘델   (베리쉬에게) 검사님?

베리쉬   나보고 어쩌라는 거요?

멘델   당신은 권위를 상징합니다. 당신이 곧 법의 힘이지요. 피고를 위한 변호인을 찾는 것은 당신의 임무입니다.

베리쉬   난 거절하오.

멘델   그렇게는 할 수 없습니다, 검사님. 규칙에 어긋나요.

베리쉬   날 고소하시든가.

멘델   말조심하십시오, 검사님!

베리쉬   검사는 다른 사람의 말에 주의하는 사람이야! 난 내가 원하는 걸 원하는 대로 말할 수 있어. 내겐 자유가 있고, 내 자유는 무한하다고!

멘델   그렇진 않습니다. 피고의 자유만 그렇습니다. 우리는 게임의 규칙을 수용하든지 아니면 거절할 자유만 있습니다. 게임을 하기로 수용하든지 아니면 거절하든지요.

베리쉬   그래? 그렇담 난 안 해. 신사 숙녀 여러분, 쇼는 끝났소.

멘델   지금 법정을 위협하는 겁니까?

베리쉬   그렇소. 그리고 이건 시작에 불과해! 내가 다음에 뭘 할 생각인지 알고 싶소? 당신을 바깥으로 내쫓을 거야…. (새로이 위협을 가하려고 하다가, 생각을 고쳐먹는다.) 나보고 어디서 변호인을 구해오라는 거야? 첫째, 난 아는 사람이 없어. 둘째, 샴고로드엔 아무도 없어. 셋째, 있다 해도, 그는 유대인이 아닐 거야. 끝으로, 난 더 이상 말할 게 없어.

         (검사와 판사들이 서로를 노려본다. 상황은 앞으로 어떻게 될 것인가?)

아브레멜   할 말이 있는데요.

얀켈	급한 거야?
아브레멜	늘 그렇지.
멘델	현 논쟁과 관련이 있는 경우에만, 말해도 좋습니다.
아브레멜	관련 있어요. 검사는 급히 배워야 할 예절이 몇 가지 있습니다.
베리쉬	이의 있습니다! (멘델이 의아한 표정으로 아브레멜을 바라본다.) 그런 말이 어디 있소!
아브레멜	계속해도 되겠습니까?
멘델	그러세요. 하지만 동료 여러분, 재판장으로서 우리는 다른 사람을 공격해선 안 된다는 점을 기억하세요.
아브레멜	재판장으로서, 이 법정의 존엄성을 보호하는 것은 우리의 임무입니다. 따라서 저는 검사님에게 우리 앞에 설 때 턱수염을 긁지 말 것을 요청합니다. 여기는 선술집이 아니니까요. 정확히 말하자면 말이지요. 또한 검사님은 재판장들에게 말할 때 배려와 경의를 표해야 합니다. 속으로는 우리의 뼈를 부러뜨리고 싶을지라도 말이에요. 내일까지는 소릴 질러도 좋지만, 우리에겐 그러면 안 됩니다. 또한, 그리고 동일한 개념으로, 저는—그리고 우리는—검사님께서 말을 시작하거나 마칠 때, 또는 두 경우 모두에, '존경하는 재판장

님'이라는 관용 표현을 붙여주시면 감사하겠습니다.

베리쉬 (이해가 안 돼서) 무슨… 재판장님?

아브레멜 존경하는 재판장님.

마리아 그게 뭐예요? 아니면, 그게 누구예요?

베리쉬 말해봐. 당신들은 완전히 미친 거야, 아니면 그저 대체로 미쳐 있는 거야?

아브레멜 검사님이 법정을 모독했어요! 법정 모독으로 그를 기소할 것을 요구합니다!

베리쉬 우린 변호인이 아니라 의사가 필요한 것 같아!

마리아 우리에겐 의사가 있었어요. 죽었지만.

멘델 검사님, 제 동료의 말이 당신을 개인적으로 겨냥한 것이 아님을 이해해주십시오.

베리쉬 아니라고? 그럼 저 사람이 왜 나를 보고 얘기한 건데?

멘델 당신에게 말하긴 했지만 당신을 공격하려는 건 아니었습니다.

베리쉬 그럼 누구를 공격한 건데?

멘델 아무도 아니에요. 그가 말하고자 한 건 우리 모두가 충실히 따라야 할 관습과 형식이 있다는 것이지요.

베리쉬 난 아냐! 난 이런 관습 모르고, 알고 싶지도 않다고!

멘델　검사님, 무엇을 두려워하십니까? 보세요, 당신은 집에서 '베리쉬'라고 불렀죠, 그렇죠? (베리쉬가 고개를 끄덕인다.) 손님들은 당신을 '주인장'이라고 부르죠, 맞죠? 회당에서는 당신을 '렙 도프-바엘 벤'…

베리쉬　'야아코프'.

멘델　'야아코프'. 그것 봐요. 우리는 어느 장소와 환경에 있느냐에 따라 서로를 다르게 부릅니다. 그러니 이곳 법정에서 당신은 우리를 '존경하는 재판관님'이라고 부르는 겁니다. 그게 다예요.

베리쉬　그럼 당신들은 나를 뭐라고 부를 거요?

멘델　매우 정중하게, '검사님'이라고 하지요.

베리쉬　(주저함을 애써 떨치고) 좋아, 그렇게 말한다면… 존경하는 재판장님.

멘델　좋습니다! 훌륭해요! 보셨죠? 당신은 빨리 배우잖아요! 검사님의 발전은 정말 놀랍습니다. 아직 변호인이 없다는 건 빼고요.

베리쉬　그런 건 내 알 바 아냐… 존경하는 재판장님.

(얀켈과 아브레멜은 기분이 상한 듯하지만, 멘델은 그렇지 않다.)

멘델　우린 변호인이 필요합니다. 변호인 없이는 절차를 시작할 수 없어요. 그건 이해하시지요, 검사님?

베리쉬　하지만 변호사 역을 맡을 사람이 없다고. 이해 안 되시오? (잠시 말을 멈추고 곰곰이 생각한다.) 존경하는 재판장님, 변호인은 꼭 남자여야 하오?

멘델　꼭 그럴 필요는 없습니다.

베리쉬　(마리아를 향해 몸을 돌린다.) 마리아!

마리아　오, 안 돼요, 주인님. 전 청중이에요. 기억하세요? 사람들이라고요. 그리고 사람들은 그 누구보다 더 중요해요. 변호인보다 더 중요하고, 검사보다도 더 중요하다고요. 판사보다도요. '존경하는 재판장님' 없이는 할 수 있어도, 사람들 없이는 못하죠.

베리쉬　말도 안 되는 소리! 넌 사람들이 아니야. 넌 너라고.

마리아　죄송해요, 주인님. 전 못하겠어요.

베리쉬　날 위해서 해.

마리아　죄송해요, 주인님. 사람들에게 화내지 마세요. 사람들은 그런 것 안 좋아해요. 사람들은 주인님이 점잖고 부드럽길 바란다고요.

베리쉬　너 가만 안 둔다, 이 요망한 것 같으니!

마리아　왜요? 사람들은 원하는 말은 뭐든 할 수 있잖아요.

멘델　맞습니다. 조건이 하나 있지만요. 바로, 그걸 말로 하진 않는다는 것이죠.

베리쉬　마리아가 날 도와주지 않는다면 가만 안 둘 거야. 가만 안 둔다고.

마리아　화내지 마세요, 주인님. 전 변호인이 아니에요. 변호인이 어떤 건지도 모른다고요. 변호인이 뭘 하는지, 무슨 말을 하는지도 몰라요. 변호인은 변호하기 위해 법과 정의를 믿어야 하나요? 아니면 그 반대인가요? 보세요, 주인님, 전 너무 무식해요…. 게다가 전 유대인도 아니에요!

얀켈　흠.

멘델　발언할 게 있습니까?

얀켈　(목을 가다듬으며) 저는 재판장님께 매우 중요한 이야기를 하고 싶습니다.

멘델　법정은 당신의 말에 열심히 그리고 공감적으로 귀 기울이겠습니다.

얀켈　정육점 주인 스룰릭이 나드보르노로 가기 위해 제 마차가 필요하다고 했을 때, 전 제 말이 아프다고 했습니다. 그러자 그는 자기 말을 끌고 왔지요.

모두들　그래서요?

얀켈　그러니까 우리─법원─가 피고에게 자기 변호인을

데리고 오라고 요구할 순 없을까 해서요. 아니면 자기 변호인이 되라고 할 순 없을까요?

(웃음이 터진다.)

베리쉬 (비웃으며) 그에게 물어보시오, 왜 안 되오? 뭘 기다리고 있는 거요? (심각해진다.) 됐소. 가능성은 두 가지요. 변호인 없이 연극을 하든지 아니면… 아예 안 하든지!

모두들 말도 안 돼요! 그건 너무하잖…

베리쉬 당신들이 계속 변호인이 있어야 한다고 고집한다면, 우리가 할 수 있는 건 없소. 생각 자체를 통째로 버리는 것 말고는. 난 자러 갈 테니 당신들은… 썩 꺼지시오!

(베리쉬의 위협이 진심이라는 것을 모두가 감지한다. 그들이 머물 수 있는 방법은 연극을 무대로 올리는 것뿐이다.)

모두들 안 돼요, 안 돼! 그럴 순 없어요!

멘델 혹시 이웃 중에 친구 없습니까?

베리쉬 없소. 말했지만, 주변엔 더 이상 유대인이 없소.

멘델 당신은요, 마리아? 생각나는 이 중에 변호인이 될 만한 사람 없습니까?

마리아   (주저하며) 아뇨… 없어요.

베리쉬   (심술궂게) 오, 한 명 있었지. 하지만 그는 떠났어. (마리아에게 가까이 다가간다.) 봐, 얼굴이 빨개졌잖아!

마리아   그만두세요, 주인님.

베리쉬   얼굴이 왜 빨개졌을까? 그는 멋진 남자였지. 건장하고 잘생겼고. 봐! 얼굴이 점점 더 빨개지잖아! (말을 잠시 멈췄다가) 그가 널 유혹했지, 그렇지?

마리아   (난처해하며, 화가 나서) 제발요, 주인님. 왜 절 괴롭히려고 하세요?

베리쉬   그 남자랑 밤을 같이 보냈지? 내가 안 본 줄 알아? 난 네가 그 사람 품에 안겨 있는 걸 봤다고…. 그는 널 떠났어. 왜 떠난 거야?

마리아   지금은 그런 얘기 할 때가 아니에요, 주인님… 제발요!

베리쉬   그 남자 이름이 뭐였지?

마리아   이름이요? 그 사람 이름은… 샘이었어요.

베리쉬   샘… 뭐?

마리아   그냥 샘이요.

베리쉬   성이 없어?

마리아   그냥 샘이에요.

베리쉬   예의가 없군! 너한테 자기소개도 제대로 안 했단 말
         이야? 그런데 넌 그 사람한테 널 허락했고? 낯선 이
         한테? (판사들에게) 그는 집단학살 전에 잠깐 나타나서
         여기서 하룻밤을 보내고 다음 날 아침에 떠났소. (잠
         시 멈췄다가) 유대인이었소. 내게 이디시어*로 말했으
         니까. 마리아에게는… 너한테는 무슨 말로 했지, 마리
         아? 넌 말 안 했지, 맞아?

마리아   주인님, 제발 부탁이니 그만하세요.

베리쉬   너한테 뭘 약속하던? 너에게 뭘 줬어? 그는 그런 일
         에 딱 맞았을 거야… 어떤 일이든. 내 생각엔 말이지.

마리아   (금방이라도 울 것 같은 얼굴로) 제발, 제발요! 그 사람 얘
         긴 그만해요!

베리쉬   어떻게 널 유혹했지? 뭐라고 했어? 너한테 뭘 약속
         했어?

마리아   주인님은 잔인해요! 신이 주인님을 벌하실 거예요….
         이미 그러셨고요!

멘델   그때 이후로 그를 본 적이 있습니까? 없어요? 그 사

---

* 고지 독일어에 히브리어, 슬라브어 따위가 섞여서 된 언어. 유럽 내륙 지방과 그곳
  에서 미국으로 이주한 유대인들이 쓴다 — 옮긴이.

95

람의 행방은 압니까?

마리아   부탁이에요. 아저씨, 절 그만 좀 고문해요!

베리쉬   하지만 그 빌어먹을 변호인은 어떡하고? 변호인 때문에 재판을 못하게 생겼는데! (멘델에게) 이 난관을 피할 방법은 없는 거야? 이건 어때… 뇌물 수수 같은 건? 매수된 판사 얘길 들어봤거든….

멘델   잠깐만요. (모두 그를 응시한다.) 사실 고대 유대인의 전통에서, 재판은 변호인 없이 행해졌습니다.

베리쉬   (생기 있게) 맙소사, 왜 그걸 더 빨리 기억해내지 못한 거요?

멘델   그리고 검사도 없이 했어요.

베리쉬   (충격을 받는다.) 날 벌써 빼고 싶은 거요? 지금 내가 사퇴하길 요구하는 거야? 만약 당신들이 날 쫓아낸다면 나도 당신들을 쫓아낼 거요. 한번 해보라고! '존경하는', 또는 '존경하지 않는' 재판장님들, 당신들은 셋 셀 동안 거리로 나앉게 될 거야!

멘델   흥분하지 마세요, 주인장! 당신은 우리가 구할 수 있는 최고의 검사예요. 고대엔 말이죠, 여관주인이 여관주인일 때, 판사들은 원고 측의 기소와 피고 측의 변호를 동시에 다룰 수 있어야 했습니다. 하지만 지금은 모든 게 변했고, 법률 제도 자체가 변했어요. 그러니 우린 그걸 우리 상황에 맞게 적용할 수 있습니다. 우리에겐 이미 검사가 있으니까 재판장 중 한 분께서 재판장과 변호인을 겸하여 맡아주시기를 부탁하겠습니다.

베리쉬   당신은 천재야! 그런 의미에서 내일부터 당신에게 공짜 식사를 열 번 제공하겠소.

얀켈   뇌물이오, 이건 뇌물이야!

베리쉬   당신에게도 열 번을 대접하겠소.

얀켈   그래요, 내가 말한 것처럼 이게 뇌물로 보일 수도 있겠지요. 하지만 그렇지 않아요! 왜냐면 이게 뇌물이라 해도, 누가 검사를 기소하겠느냐 말이죠.

아브레멜   자, 투표합시다.

멘델   피고를 위해 법원 변호인을 임명하자는 제안이 나왔습니다. 피고의 부재가 잘못 해석되어서는 안 되니까요. 찬성하십니까?

얀켈   식사 후에 투표하면 안 될까요? (궁금한 표정으로 멘델을 본다.) 좋아, 찬성합니다! 광대, 자넨 어떤가?

아브레멜   난 자네보다 더 배고파.

마리아   식사 열 번…에다 삼을 곱하면….

멘델   청중은 조용히 해주십시오.

마리아   당신들은 다 말하고 나만 말하지 말라는 거예요?

얀켈   이 여인은 계속 재판을 방해하고 있습니다. 저는 이
       여인을 투옥해 벌줄 것을 요구합니다.

베리쉬   (마리아에게) 저들에게 스무 번의 공짜 식사를 제공해,
       어서!

마리아   스무 번이요? 왜 스무 번이에요? 저 사람들이 일 년
       내내 머물기를 바라시는 거예요?

멘델   여인이여, 당신을 체포합니다.

마리아   좋아요, 스무 번.

멘델   당신은 체포됐어요.

마리아   스무 번이라고 했잖아요. 이걸로도 부족해요? 좋아
       요… 서른 번.

멘델   됐습니다. 그냥 재판장들에게 사과하세요.

마리아   삼가 '존경하는 재판장님께'… 그리고 재판장님께…
       그리고 재판장님께… 제가 여러분께 존경을 표하지
       않은 것에 대해 사과의 말씀을 드립니다.

멘델   계속 진행하겠습니다. (아브레멜과 얀켈에게) 피고 측 변
       호인으로 자원해주실 분 있습니까?

얀켈   저는 한 가지 사실을 압니다. 그것도 잘 알지요. 저는

누가 자원하지 않을지 압니다. 바로 접니다.

멘델   거절하시는 겁니까?

얀켈   그렇겐 얘기하지 않았습니다. 저는 그저 누가 자원하지 않을지 안다고만 했을 뿐이죠.

멘델   그 말은 거절한다는 거잖아요.

얀켈   전 제가 아는 것을 말합니다. 당신도 당신이 아는 것을 말하고요.

멘델   하지만 왜지요, 얀켈? 만물의 창조주, 모든 인간의 심판자, 왕 중의 왕을 변호하는 것, 이보다 더 큰 영광이 있습니까?

얀켈   제게 의뢰인을 보내주셔서 감사합니다만, 승객이라면 그분을 태울 겁니다. 그분은 자리를 많이 차지하지 않으니까요. 문제는 다음과 같은 점이지요. 첫째, 저는 그분이 삯을 얼마나 치를지, 또는 치를지 안 치를지 모릅니다. 말씀해보십시오. 판사님은 그분이 마차 삯을 치를 거라고 확신할 수 있습니까? 전 모르겠습니다. 하지만 이건 또 다른 얘깁니다. 그분은 마차를 타고 말들은 마차를 끌 겁니다. 법정에서 저는 말이 될 테지요. 그런데 도대체 그걸 왜 합니까? 둘째, 이건 더 나쁩니다. 제가 만약 재판에서 진다면요? 이건 저를 위한 게 아닙니다. 다른 사람더러 사건을 맡으라고 하세요.

멘델   아브레멜, 당신은 어떻습니까?

아브레멜 예, 물론입니다. …제 말은, 물론 안 한다고요.

멘델   하지만 어떤 면에서 이건 당신의 직업이잖습니까? 당신은 음유시인이었습니다. 말에 관한 한 전문가지요. 그분을 위해 몇 마디 말만 하면 됩니다. 왜 안 된다는 겁니까?

아브레멜 그런 의뢰인은 더 나은 변호인이 어울려요. 저는 그분을 부끄럽게 만들 뿐입니다. 제가 변호를 하면 그분은 지옥에 갈 위험을 각오해야 됩니다… 오, 내가 무슨 말을 하고 있는 거지? 그분이 제 얘길 안 들었기 바랍니다. 만약 들었다면, 저도 변호인이 필요한 신세가 될 테니까요.

베리쉬   (재미있어 하며) 후보자가 한 명 더 남았소. (잠시 멈췄다가) 바로 당신.

멘델   이 법정의 의장으로서, 저는 의장은 후보가 아니라는 사실을 선언하는 바입니다.

베리쉬   왜 안 되오?

멘델   의장으로서 저는 말씀 드릴 필요가 없습니다.

베리쉬   난 알 권리가 있소.

멘델   그럼 저는 당신의 권리를 거부할 권리가 있습니다.

얀켈   검사가 설명을 원하고 있습니다. 우리도 그렇고요!
         우리는 설명했습니다. 당신은 왜 안 합니까?

멘델   그러니까.

아브레멜   그건 답이 아니잖습니까?

멘델   답은 없습니다.

베리쉬   이의 있소!

멘델   잘됐네요.

얀켈   우리 모두 이의 있습니다.

멘델   당신들도 잘됐네요.

베리쉬   이봐, 우리 걸인님. 당신은 내 알 권리를 거부했는데,
         이건 불공평해. 이 재판의 목적이 뭐요? 우린 재판 결
         과가 아무것도 바꾸지 못하리라는 걸 너무나 잘 알아.
         죽은 자들은 무덤에서 살아나지 않을 거요. 다만 우린
         알고 싶어서 재판하는 거지. 이해하기 위해서. 다른
         사람을 이해하기 위해서. 난 당신도 이해해야 해! 그
         러니 똑똑히 말을 하시오!

멘델   의장으로서 저는 언제 말하고 언제 침묵할지 선택합
         니다. 이제 전 말하지 않기로 선택했습니다.

베리쉬	이의 있소!
멘델	이의를 기각합니다.
마리아	사람들이 이의를 제기합니다!
멘델	계속 그렇게 하시면 휴정을 선언하겠습니다!
마리아	이의 있습니다… 당신이 제 이의를 인정하지 않는 것에 대해 사람들이 이의를 제기합니다!
베리쉬	이의 있소!
마리아	더 이의 있습니다!
얀켈	우우우!

(그들은 소리치고 또 소리친다. 그러다 힘이 빠진 그들은 움직이지 않고 잠잠해진다.)

멘델   오늘 밤 우리가 여기 왜 모였는지 잊었습니까? (잠시 말을 멈췄다가) 의문은 여전히 남아 있습니다. 여기엔―또는 그 어디에도―우주의 전능왕의 사건을 변호할 사람이 없는 겁니까?

(멘델의 말에는 향수가 젖어 있다. 비애감이 감돈다.)

아브레멜   불쌍한 분. 불쌍한 왕 중 왕.

얀켈   그분에게 미안해져? 벌써?

베리쉬   우린 잘못된 방향으로 가고 있소! 우리는 그를 동정하려는 게 아니라 재판하러 모인 거요!

아브레멜   종의 동정이 필요한 불쌍한 왕이라니.

베리쉬   그에게 동정이 필요하다고? 안 될걸! 나한텐 안 될 거
야! 그가 날 동정하지 않았는데, 왜 내가 그를 동정해
야 해?

멘델   '나'가 누굽니까? 여관주인 베리쉬입니까, 아니면 검
사 베리쉬입니까?

베리쉬   베리쉬는 베리쉬요.

멘델   하지만 베리쉬가 누굽니까? 검사 역을 하는 여관주인
입니까, 아니면 우연히 여관주인이 된 검사입니까?

베리쉬   날 헛갈리게 하지 마시오. 난 나요. 그걸로 부족하오?

멘델   누구나 '나'라고 할 수 있습니다.

베리쉬   당신은 날 혼란스럽게 하오. 난 이의를 제기하오.

얀켈   어느 '나'요?

베리쉬   나… 베리쉬가. 그리고 난 당신들에게 질렸어! 난 정
직한 사람이야. 한 번도 남의 것을 훔친 적 없고, 속인
적 없지! 누구에게도 창피를 준 적이 없어. 난 착한
일만 했는데, 그는 그렇지 않아. 그는 내게 해만 끼쳤
어. 그런데 이젠, 이제 당신들은 내가 그에게 미안해
지길 원해? 그때 그는 어디 있었냐고… (갑자기 말을 멈
추고 평정을 되찾으려 애쓴다.) 우리가 연극을 하고 있었

다는 사실을 잊었군. 어쩌면 그도 연극을 하고 있는지도 몰라. (멘델에게) 연기하지 않고 있을 때의 당신은 누구요? 말해보시오. 알고 싶소.

멘델 왜요?

베리쉬 내가 진실을 아는 걸 좋아한다고 치자고. 나에 대해, 그리고 당신에 대해. 그리고 그에 대해. 그리고 다른 모든 사람들에 대해. 난 우리가 무슨 연극을 하려는 것인지는 알지만 내가 누구와 하는 것인지는 몰라. 그러니 말해보시오.

얀켈 괜히 멘델에게 힘 빼지 마세요. 아무짝에도 소용없을 테니까. 그는 부유한 걸인이에요. 비밀스런 보물이 있지요. 그의 보물은 바로 그의 비밀이랍니다.

베리쉬 그런데 그걸 찾고 싶지도 않소?

얀켈 질문은 여행과 같아요. 언제 멈춰야 할지 알아야 하지요. 마부는 승객들을 생각해야 하고요. 말들도.

베리쉬 떨어져 죽게 두면 되지.

얀켈 누구요? 승객들이요?

베리쉬 말들 말이오.

얀켈 말들이 당신에게 무슨 짓을 했습니까?

베리쉬 아무 짓도 안 했소, 아무 짓도. 말들이 아니라 바로 당신이 날 짜증 나게 하고 있어. 당신들 모두가 내 신경을 건드리고 있다고! 당신들이 나를 위해 준비한 이 멋진 부림절에!

멘델 당신은 너무 질문이 많습니다, 주인장. 부림절은 그런 때가 아닙니다. 부림절은 에스더의 이야기이고, 에스더는 비밀 엄수를 뜻하지요. 모든 것이 감춰져 있으며, 그걸 드러내는 것은 당신의 몫이 아닙니다. 당신은 검사로서 법을 준수해야만 합니다.

베리쉬 난 법을 준수할 준비가 되어 있소만, 그건 꼭 이해해야겠소! 무슨 일이 일어나고 있고 왜 그런지 알고 싶단 말이오!

멘델 우리도 그렇습니다, 주인장.

베리쉬 하지만 당신들은 내가 아니야. 난 왜 인간들이 짐승으로 돌변하는지 알고 싶어. 당신들도 그렇지. 하지만 당신들은 그들을 본 적이 없어. 난 어떻게 착하고 가정적인 사람들이 아이들을 살육하고 노인들을 짓밟을 수 있는지 알고 싶소.

멘델 우리도 그렇습니다, 주인장.

(베리쉬가 항복한다. 그의 기분이 변한다.)

베리쉬 정말 괴짜들이로군. 당신들이 누군지는 모르지만, 이상하다는 건 알겠어. 당신들은 어디서 온 거요? 누가 보냈소? 당신들은 누구요?

얀켈 주인장은 저 호기심 때문에 죽을 거야. 분명해.

아브레멜 진짜 정도가 지나치다니까.

얀켈 결국 술에 취한 거지.

베리쉬 술에 취했다고? 내가? 너무 쉽게 말하는군. 왜 나보고 취했다고 하는 거요? 당신들이 누군지 알고 싶어서? 낯선 사람들은 날 불편하게 해. 그들은 왔다 가는데 난 바보 천치처럼 남아 있지. 말해보시오, 피고는 어떻소? 그도 낯선 사람인가? 그래, 그렇지. 하지만 진짜 그렇진 않아. 난 그를 알아. 오, 그래, 알지. 내 방식으로 그를 알지. 그는 손님 같아. 손님은 알 필요가 없지. 술과 음식을 팔면 그만이야. 손님이 떠나면 난 돈을 챙기고. 하지만 당신들은 손님이 아니야. 낼 돈도 없으니까. 당신들은 뭔가 달라. 난 당신들이 뭔지 알고 싶다고.

마리아 '누구'라고 해야죠.

베리쉬 그래, 맞아, 이 요물 같으니. 누구, 무엇, 다 똑같아. 저들은 우리를 바보로 만들고 있어.

(멘델은 베리쉬를 자세히 살펴보다가 교사가 학생들에게

말하는 투로 그에게 말하기 시작한다. 멘델의 목소리가 서서히 커지고 긴장감과 분노가 깃든다.)

멘델 재미있군요, 베리쉬. 여관주인은 정의를 동경하고, 검사는 지식에 만족할 거라고요. 당신은 전통이 가르쳐준 것을 잊었습니까? 우리는 분간할 수 없을 때까지 ^{Ad} $^{d'lo\ yada}$ 마셔야 합니다. 법에 따라 우리는 마시고 또 마시고, 더 마셔야 합니다. 선과 악, 의로운 모르드개와 사악한 하만, 빛과 그림자, 삶과 죽음을 구분할 수 없을 때까지 말이지요. 부림절은 지식의 부재, 지식의 거부를 의미합니다. 전통을 바꾸실 겁니까? 새로운 전통을 세우시려고요? 누구의 권한으로요? (베리쉬가 몸짓을 하자 멘델이 알아챈다.) 또 우리를 거리로 내보내겠다고 위협하실 겁니까? 위협은 그만두세요! 다 소용없어요! 당신은 더 이상 중단할 자유가 없습니다! 일단 재판이 시작됐으면 결론을 내야 하니까요!

베리쉬 (한발 물러서며) 당신은 좀 과민한 편이군. 그렇지? 내가 원한 건 그저…

멘델 당신이 원한 건 그저 뭡니까? 뭘 원한 겁니까? 끝에서 시작하는 것? 우리가 사건을 속단하도록 만드는 것? 당신의 교란 작전은 그만하면 됐어요! 우린 여기서 전례 없는 영향을 끼칠 만한 독특한 사건을 다루고 있습니다! 이 재판은 쓸모없는 것으로 판명 날지도 모르지만, 적어도 의미 없는 건 아닙니다! 우리가 누구인지 알고 싶다고요? 우리는 우리 자신의 정의감과 어쩌면 유머감각에서도 그 권위를 끌어내는 희귀한 재판장들입니다. 더 알고 싶다면 온 세상의 끝으로 가보세요. 특정 단어들을 가리는 것은 모조리 갈가리 찢어버리고 싶어질 겁니다. 그리고….

(신부의 재등장으로 그의 격렬한 장광설이 뚝 끊긴다. 갑자기 정적이 흐른다. 다시 공포감이 감돈다.)

신부 마리아, 마리아, 나 또 왔네. 난 자네가 필요해. 난 자네의 영혼을 구해야 해…. 자네가 날 거부한다 해도 말이지. 딸이여, 이리 오게. 이리 와서 술 한잔 더 주게나. 난 자네의 구원을 돌볼 힘이 필요해. (베리쉬가 신호를 주자 마리아는 그에게 술잔을 건넨다.) 그래… (베리쉬와 세 유대인에게 말을 건다.) 그리고 자네들의 구원도…. 자네들은 큰 위험에 빠져 있어. 진짜야. 내 경고 무시하지 말게.

마리아 신부님, 그 얘긴 이미 하셨어요.

신부 하늘에 계신 우리 아버지도 그러신다네, 마리아. 아버지도 그래. 아버지께서 그분의 사랑을 얼마나 많이, 반복해서 가르치셨나? 하지만 자네는 그분 사랑하기를 거절하고 있어. 날 사랑하길 거부하는 것처럼 말이야. 그건 자네가 전적으로 사랑할 수 없어서인가, 마리아? 그건 낯선 사람과 가진 죄 많은 모험 때문이지. 맹세하지만 그날 밤 자네는 영혼을 잃었어…. 그날 밤 기억하나, 마리아? 난 기억하네. 난 자네들이 함께 있는 걸 봤지….

마리아   이 더러운 돼지 같으니! 이 관음증 환자. 그러면서 신의 종 운운하다니!

신부   자넨 범죄했네. 기억하게, 마리아. 자넨 낯선 사람의 유혹에 넘어갔고, 얼마 지나지 않아 그 벌을 받았어, 기억해?

마리아   전 벌 받지 않았어요! 죄를 짓지 않은 사람들이 벌을 받았죠! 더 나은 예를 찾아보시지 그래요!

신부   딸이여, 난 그런 걸 찾고 있지 않네. 지금은 말이야. 내가 설교하러 도로 온 줄 아나? 난 자넬 도와주러 왔네. 자네를 돕고 싶어. 이유는 묻지 말게. 아마도 그건 지난 번 일을 잊을 수 없어서겠지… 여기서 그 일이 일어났어, 마리아. 나도 있었지. 그리고 베리쉬, 자네도 있었고. 그리고 한나도. 그리고…

마리아 그만해요, 신부님!

신부 난 그 일이 다시 일어나길 원치 않네. 난 내 양떼에 책임이 있어… 난 더 이상의 피 흘림을 막고 싶네. 그리고 피 흘리는 일이 생길 거야. 내 말 명심하게. 증오가 있어. 증오가 피를 부르지. 난 신의 사랑의 이름으로 자네에게 온 걸세.

얀켈 (아브레멜에게) 신부를 연극에 초대해서 연기를 하라고 하면 어떨까?

베리쉬 (신부에게) 고맙소. 신부님의 친절에 감명 받았습니다. 하지만 저희는 바쁘니 나중에, 다른 날 다시 오시오.

신부 다른 날? 다른 날이 있을까? 어떤 사람들은 늘 시간이 있다고 생각하지. 나락의 언저리에 있는데도 그걸 보려고 하지 않아. 불에 그을리면서도 자신들이 이미 지옥에 있다는 걸 깨닫지 못하지.

마리아 지옥? 지금 저분이 지옥이라고 했어요? 다행이네요. 난 또 잠시나마 저분 정신이 온전해진 줄 알았지.

신부 내가 지옥에 대해 얘기하는 건… 늘 하는 얘기이기 때문이지. 습관이야. 그리고 그럼 더 쉽거든. 하지만 내 얘길 안 듣는 건 실수하는 거야….

베리쉬   다음에 오시오. 다음번에 다시 오시라고요. 지옥이 기
         다리고 있을 거요. 내 약속하지요.

신부   하지만 늦었어, 주인장. 자네가 생각하는 것보다 훨씬
         더 늦었다고.

베리쉬   그렇겠지요! 훨씬 늦었소! 그러니 집에 가서 주무시
         오.

신부   내 걱정은 말게. 난 위험할 게 없어. 자네가 위험하지.
         자넨 위험한 게 많아. 내가 말했지? 도망가게. 가족,
         친구 다 데리고 가서 숨게. 숲 속으로든 어디든. 갈 데
         가 없다면 우리 집으로 오게, 주님의 집으로. (잠시 멈
         췄다가 좀 더 부드럽게) 상대적으로 안전할 거야. 여기보
         단 안전해… 오, 자넬 개종시키러 온 건 아닐세. 자네
         소원이 그거라면 천벌을 받겠지. 하지만 난 폭도들로
         부터 자네를 보호하고 싶네. 자넨 날 믿어야 해, 베리
         쉬. 믿어야 한다고.

베리쉬   갑자기 자선가가 되셨군! 도대체 왜 그러는 거요?

신부   폭도들은 내 것일세, 베리쉬. 난 그들의 영혼을 책임
         지고 있어. 난 그들이 다시 살인을 저지르는 꼴을 보
         고 싶지 않네. 지난번에 충분히 봤다고.

멘델   그 위험이 그렇게 임박했습니까?

베리쉬 오늘 밤에 일이 일어날 수 있소?

신부 가능해. 모든 게 가능하지. 내 코는 예민해서 피 냄새를 잘 맡아. 폭도들이 준비하는 게 느껴지네.

마리아 그런 코를 가지셨어요? 그럼 지난번엔 어떻게 된 거예요? 그땐 코가 어떻게 됐었나요? 왜 지난번엔 우리에게 경고하지 않으셨어요?

(그녀의 증오가 생생하게 드러난다.)

베리쉬 마리아!

신부 자네 말이 맞아, 마리아. 난 경고할 수 있었지만 하지 않았지. 하지만 그때, 자네를 구하려고 애쓰지 않았나. 베리쉬, 안 그래? 난 최선을 다했어. 안 그래?

베리쉬 맞소. 우리에게 십자가의 보호를 제안했죠.

신부 자네에겐 절호의 기회였어, 베리쉬! 그때 받아들였더라면 자네의 아들과 어머니는 여전히 살아 있었을걸세!

베리쉬 그만하시오! 더 이상 얘기하지 마세요!

신부 화가 났군. 난 그 이유를 알지. 우린 친구였고, 난 자네의 가족을 보호하지 못했어. 하지만 난 여전히 자네 친구야. 그 어느 때보다 더. 자넨 날 믿어야 해. 믿어야 한다고!

멘델   정말 그 일이 오늘 밤 일어날 수 있다고 생각하십니까?

신부   그래.

멘델   하지만 확실하진 않고요?

신부   그래.

멘델   그럼 생각해보겠습니다.

신부   언제?

멘델   연극이 끝난 뒤에요.

신부   뭐가 끝난 뒤에?

멘델   연극이요.

신부   뭐? 폭도들이 준비하고 있어. 칼이 곧 임할 거라고. 그런데 자네들은 연극을 한단 말이지?

멘델   밖에서 하만의 폭도들이 준비하고 있는 동안 유대인들은 계속 기도하고 있었죠. 그것이 그들이 위험에서 벗어나기 위한 방법이었습니다.

신부   여기서 지켜봐도 될까?

멘델   안 됩니다.

신부   왜 안 돼? 이곳 사람들에 대해 욕이라도 하려는 건가?

멘델   아뇨. 당신도, 당신의 민족에 대해서도 그런 건 하지 않을 겁니다.

신부	연극 내용이 뭔데?
멘델	저희도 아직 모릅니다. 즉흥 공연이 될 거거든요.
신부	아이디어가 필요해? 개종을 주제로 공연하면 어떻겠나? 싫다고? 안됐군. 정말 안됐어.
멘델	제안은 감사합니다만….
신부	이해하네, 이해해. (걸어가며 퇴장하다가, 멈춘다.) 아냐, 난 이해 안 돼. 자네, 베리쉬… 자네 경건하단 말 들은 적 있었나? 술꾼들과 더 자주 어울렸나, 아니면 랍비들과 더 자주 어울렸나? 말해보게. 왜 갑자기 이렇게 자네의 신에게 충성하는 건가? 왜?
멘델	신과 우리의 관계는 우리 일입니다. 우리만의 일이지요.
마리아	지금 저분 여기서 설교하는 거예요? 주인님에게요? 여기가 어딘 줄 알고? 교회인 줄 아나?
멘델	이스라엘 민족이 있고 이스라엘의 신이 있습니다. 그 관계는 아무도 끼어들 수 없습니다!
신부	그래서, 내가 자네들을 도와주는 것, 구원해주는 걸 금한단 말이군, 맞나? 그렇다면 좋네. 가서 칼에 엎드러지게. 자업자득이지. 아멘. (잠시 말을 멈췄다가) 신은 자네들을 더 이상 사랑하시지 않네. 인정하게. 자네들

을 외면하셨단 말일세. 왜 진실을 있는 그대로 보지 않는가? 신은 자네들에게 질렸어. 자네들을 역겨워하신다고….

마리아 이 못된 주정뱅이 같으니!

베리쉬 (신부에게) 신부님 몰골을 보시오! 역겨운 사람이 있다면, 그건 신부님이요!

신부 신, 자네 조상들의 신은 자네들을 버렸어. 그래서 자네들을 우리―신의 아들인 그리스도의 종―에게 넘긴 거야. 지금부터 우리는 자네들의 주인, 자네들의 통치자가 될 걸세. 우리가 자네들의 신이 될 거라고. 그분의 반항적인 자녀인 자네들에 대한 사명을 우리에게 맡기신 신이 없다면, 왜 우리에게 그런 힘이 주어졌겠나? 우리 기독교인이 자네들의 신이 되는 것은 신의 뜻일세.

멘델 당신들이 신의 채찍이 되는 건, 그럴 수도 있습니다. 하지만 그걸로 너무 자만하지 마십시오! 신은 채찍보다 채찍에 쓰러진 의인에게 더 가까이 계십니다. 신은 그분이 사랑하시는 의인을 벌하실 수는 있지만, 벌의 도구는 멸시하십니다. 벌하는 도구는 쓰레기통에 버리시지만, 의인은 성소에 나아가는 길을 찾게 될 것입니다.

신부 어림없는 소리! 자넨 방금 내 주님을 쓰레기통에 집어 던졌어! 그분은 신의 아들이야!

멘델 우리 모두가 신의 아들입니다.

신부 한때는 자네들도 그랬지. 그분은 자네들과 관계를 끊었어.

멘델 그렇다고 확신하십니까? 어떻게 그렇게 확신하십니까? 우리가 고통을 당해서요? 고통을 당하는 사람과 고통을 주는 사람 중에, 신께서 누구를 더 원하실까요? 그분의 이름으로 살인하는 사람들과 그분을 위해서 죽는 사람들 중에, 당신 판단으로는 누가 더 신과 가까이 있습니까?

신부 이제 자넨 그리스도를 살인자 취급하는군! 어디 감히!

멘델 틀렸습니다. 제 말을 안 듣고 계시는군요. 저는 그리스도가 아니라 그를 배신한 사람들에 대해 얘기하는 겁니다. 그들은 자신의 살인 행위를 정당화하기 위해 그의 가르침을 들먹입니다. 그의 진정한 제자라면 다르게 행동할 겁니다. 더 이상은 없습니다. 이 기독교 지역에 더 이상의 기독교인은 없습니다.

신부 (다시 침착해진다.) 그게 그분의 잘못인가? 왜 그분을 탓하나? 자네 말이 사실이라면, 그렇다면 그분을 딱하게 여기게. 그리스도께서 홀로되고 버려졌다면… 그렇다면 그분을 위로하는 것은 그분의 형제인 자네들 몫이니까.

멘델 우리는 그럴 겁니다, 신부님. 언젠가 우린 그렇게 할 겁니다.

신부 언젠가, 언젠가… 자네들 유대인은 아득한 미래를 보는 걸 좋아하지. 또 다른 날, 또 다른 날. 지금 말고 나중에. 그땐 너무 늦어… 내가 경고한 거 기억하겠나?

　　　(신부가 천천히 퇴장한다. 모든 배우들이 눈으로 그를 좇는다. 신부가 문을 연다. 열린 문 사이로 들어온 바람에 촛불이 깜박인다.)

멘델 지난번에 무슨 일이 있었습니까, 주인장?

베리쉬 신경 쓰지 마시오. 난 말 안 할 테니.

멘델 우린 알고 싶습니다.

베리쉬 너무하는군. 당신은 내 질문에 대답했소? 왜 내가 당신 질문에 대답해야 하는데?

멘델 마리아…

베리쉬 마리아도 대답하지 않을 거요!

멘델	마리아, 가끔씩 창가로 가봐야 할 것 같아요. 계속 지
	켜보세요. 무슨 일이 일어날지도 모르잖아요.
마리아	신부님이 말이 많았어요. 그것뿐이에요.

(마리아는 친구들을 안심시키려 한다. 이제 그들은 위험을 느낀다. 베리쉬 또한 그것을 피할 수 없다는 걸 안다.)

베리쉬	연극으로 돌아가도 되겠소?
멘델	아뇨.
베리쉬	왜 안 되는데?
멘델	변호인이 없으니까요.
얀켈	난 안 돼.
아브레멜	나도.
마리아	당신들 다 웃기는군요. 기소하고 싶을 땐 당장이라도
	재판하고 판결을 내릴 것처럼 하더니. 그런데 변호를
	하라니까 뒤돌아서 도망가려고 해요.
멘델	한나는 어떻습니까?
베리쉬	무슨 생각을 하는 거요?
멘델	변호인 역을 해줄 수도 있잖아요.
베리쉬	한나는 아프니까 내버려두시오. 아픈 사람한테 아픈
	사람 역을 부탁할 순 없잖아.
마리아	불쌍한 한나. 한나가 무슨 일이 일어났는지 알까요?

무슨 일이 일어날까요?

베리쉬 (세 재판장에게) 동전 던지기를 합시다! 운명의 결정에 따르도록.

얀켈 맘에 안 들어. 하지만⋯.

아브레멜 난 '하지만'이라고 할 것도 없이 맘에 안 들어.

멘델 난 당신들 중 하나를 임명할 수도 있습니다.

얀켈 말은 억지로 달리게 할 순 있지만 울게는 못해.

아브레멜 마부는 울게 할 수 있지.

얀켈 못해. 하지만 광대가 억지로 노래하게 할 순 있지.

아브레멜 아냐, 못해.

멘델 그렇다면 진퇴양난이네요.

마리아 그게 누군데요?

멘델 우리는 더 이상 전진이 불가능한 지점에 이르렀습니다. 우린 꼼짝달싹할 수가 없어요.

마리아 그러고 기다리는 거예요?

멘델 그러다가 포기하는 거죠.

마리아 사람들이 반대해요.

얀켈 사람들더러 조용히 하고 나중에 반대하라고 해요.

아브레멜 아마 그게 최선인 것 같아. 신부 말이 옳다면 우리는 좀 더 긴급한 일에 시간을 쓸 수도 있잖아. 예를 들면… 도망가는 거지.

얀켈   그것도 아주 빨리!

마리아   사람들이 마음을 바꿨어요. 저는 찬성합니다. 현실을
보자고요. 짐을 싸고, 밖으로 나가요. 신부님은 취했
지만, 난 그분의 취기가 그리 믿기지 않네요.

아브레멜 그럼… 우린 연극 그만하는 거예요? 그리고 도망가는
거예요?

얀켈   연극은 중단됐어. 안녕, 재판장. 안녕, 음유시인. 언젠
가 또 만날 수 있으면 좋겠군.

마리아   숲으로 갑시다. 적어도 누워서 쉴 순 있을 거예요. 그
리고 내일을 위해 힘을 좀 비축하자고요.

(얀켈과 아브레멜이 일어선다. 멘델은 계속 앉아 있다. 베
리쉬는 그들 모두를 파악하고 폭발한다.)

베리쉬   좋아, 가버려! 당신들 다! 가! 가서 자! 가서 자라고!
좋은 꿈들 꾸시게! 겁쟁이, 얼간이! 그를 상대로 연
극 좀 한다고 겁먹기는! 무서워서 입도 못 열지! 변호
인? 참 편리한 핑계야. 규칙? 다 변명이라고. 사실 당
신들은 계속할 용기가 없었어! 사실 당신들은 처음부
터 중간에 그만둘 생각이었지. 고개를 숙이고 참회로
가득한 마음을 안고 도망갈 적당한 때만 기다리고 있

었던 거야! 난 당신 같은 사람들 잘 알아. 가버려! 여기서 나가! 내 눈 밖으로 꺼져! 당신들은 필요 없어! 난 당신들 없이 연극할 거야. 나 혼자서 진실을 외칠 거라고! 내 안에서, 그리고 날 통해서 울부짖던 말들을 울부짖을 거야! 얼굴을 가린 그의 모든 가면을 갈기갈기 찢어버릴 거야! 변호인이 있든 없든, 존경하는 재판장님, 재판은 벌어질 거요!

얀켈　하지만 주인장, 그건 변칙이에요!

아브레멜　검사가 있다면 반드시 변호인도 있어야 합니다!

베리쉬　변호인은 없어. 하지만 누굴 탓하겠어? 그의 옹호자? 그가 다 죽여버렸는걸! 그는 그의 친구들과 동맹자를 대량으로 학살했어! 그는 랍비 렙 슈무엘과 찬양대 선창자 렙 예후다 레입, 교사 렙 보룩, 현자 헤르쉬, 구두수선공 메일렉은 살려둘 수 있었어! 그는 온 마음을 다해 자신을 사랑하고 자신을―자신만을―믿은 사람들을 돌볼 수 있었어! 이 땅이 살인자가―살인자들만이―우글대는 곳이 되었다면 그게 누구 잘못이지?

멘델　살인자들만이라고요? 우리는 어떻고요? 우리 형제들은? 우리도 살인자입니까?

베리쉬   당신들은 광대잖아. 당신들 모두. 이 땅은 살인자와
         광대들이 살고 있지.

멘델   그럼 한나는요? (잠시 멈췄다가) 이 모든 것에서 한나
         는요?

베리쉬   그래, 한나… 내 딸 한나. 난 그 애를 대신해서 재판을
         하고 싶었어. 그 애 봤지? 그 애는 간신히 목숨만 붙
         어 있어. 그건 살아 있다고 할 수 없어. 그 애는 자고,
         한숨 쉬고, 먹고, 듣고, 미소 짓지. 그 애는 조용해. 그
         애 안에 뭔가가 침묵하고 있어. 그 애는 조용히 말하
         고, 조용히 흐느끼고, 조용히 기억하고, 조용히 비명
         을 질러. 때때로 그 애를 보면 난 주변의 모든 것을 파
         괴하고 싶은 미친 열망에 사로잡히지. 그러다가 그 애
         를 다시, 좀 더 가까이 보면 묘한 친절이 날 엄습해.
         내가 온 세상을 구한 것 같지. 온 동네 사람들을 초대
         할 준비를 해. 불러서 먹고, 마시고, 노래하고, 축하하
         고… 그리고 다 함께 특정한 사람들을 살인자로, 다른
         사람들을 그 희생자로 둔갑시키는 저주를 쫓아내는
         거지…. 그리고 사람들을 웃기는 광대 얘길 듣는 거
         야. 그러다가 난 그 광대가 바로 나라는 걸 깨닫지.

         (베리쉬는 갑자기 말을 쏟아낸 것을 후회한다. 그는 어깨

122

　　　　를 으쓱하고는 퇴장한다.)

마리아　　전에 주인님이 어땠는지 모르지요? 유대인이나 기독
　　　　교인이나 모두에게 인정 많고 따뜻한 분이었어요. 그
　　　　분 아내와 저는 친자매 같았죠. 주인님의 두 아들은
　　　　나이 든 제 어머니를 위해 오두막 짓는 일을 도와줬어
　　　　요…. 왜 이런 일이 일어나야 했던 거죠? 왜요?

멘델　　무슨 일이 일어났는데요? 그게 '무슨 일'인데요? 말
　　　　해봐요!

마리아　　주인님이 제 입을 봉했는데 그걸 왜 열어요? 왜 오래
　　　　된 상처를 열어야 하죠? 무슨 일이 일어났는지 상상
　　　　이 안 돼요? 정말 좋은 가정이었어요. 최고였죠. 행복
　　　　한 게 당연했고, 행복을 함께 나눴죠. 행복, 행복….
　　　　(멘델이 간청하는 눈빛으로 그녀를 바라본다.) 제가 무슨 얘
　　　　길 하기 바라세요? 우리는 한나의 결혼식을 치르려고
　　　　준비하고 있었어요. 최고의 요리사들이 최고의 요리
　　　　를 준비했어요. 포도주, 케이크, 과일. 연주자, 가수,
　　　　희극배우. 일곱 명의 거룩한 랍비들이 먼 동네에서 와
　　　　서 예식에 참석했어요. 한나의 미모란… 한나의 성스
　　　　러운 아름다움을 어떻게 묘사할 수 있을까요? 그 애
　　　　를 본 사람마다 눈에 눈물이 맺혔죠. 기쁨과 감사의

눈물 말이에요. 그 애를 본 사람마다 그 애의 친구와 보호자가 될 수밖에 없었어요. 여관에는 백 명도 넘는 손님들이 와 있었어요. 모두가 기뻐했고, 모두가 살아서 주인님의 행복을 볼 수 있게 해주신 것에 대해 신께 감사 드렸죠. 바로 그때… 그놈들이 들이닥쳤어요. 그놈들은 모든 걸 부숴버렸어요. 온 방을 다 약탈했죠. 두 아들, 하임과 숄렘을 죽였고요. 모든 손님을 학살했고, 주인마님의 목을 베었어요. 그리고 한나를… 한나를 고문하기 시작했어요. 불쌍한 아이에게 그런 짓을 한 거예요. 그게 몇 시간이고 계속됐어요.

(말을 멈춘다.)

멘델   계속해봐요, 마리아.

마리아   말해줄 수 있는 건 그것뿐이에요. 그것만 알면 돼요.

멘델   주인장은요?

마리아   정말 이해가 안 되는군요.

멘델   한나와 오빠들과 어머니에게 일어난 일은 얘기했지만, '그들'이 그 아버지에게 한 짓은 얘기하지 않았잖아요.

마리아   주인님은 온 힘을 다해 싸웠어요. 손도끼, 부엌칼, 곤봉을 휘두르면서요. 살인자 몇 명을 다치게 하긴 했지만, 상대의 숫자가 너무 많았어요. 일 대 이십, 삼십…
아니 그 이상이었죠.

멘델 그래서요? 그래서 어떻게 됐습니까?

마리아 아무 일도 없었어요.

멘델 계속해봐요, 마리아! 난 당신에게 계속하라고 명령하
고 있어요!

마리아 전 당신의 명령 듣기를 거절하겠어요! (다시 태도를 낮
추며) 그들은 주인님을 탁자에 묶었어요. 목에 포도주
와 알코올을 들이부었지요. 그리고 눈앞의 일을 억지
로 보게 했어요.

멘델 그래서 봤군요. 뭘 보았습니까?

마리아 그가 뭘 봤는진 몰라요. 안다 해도 얘기하지 않을 거
예요. 상상력 있잖아요? 그걸 사용하세요. 최악을 상
상하라고요.

멘델 난 아는 게 더 좋습니다.

마리아 그건 당신 사정이고요.

(순간 문이 열린다. 아무도 나그네를 인지하지 못한다. 그
는 대화를 듣지만 앞으로 나오진 않는다.)

멘델 우리는 알아야겠어요, 마리아. 우린 알아야만 해요.
어쩌면 우리가 오늘 밤 이곳에 오게 된 건 오직 무슨

일이 일어났는지 알기 위해서일지도 몰라요.

마리아   아무리 보채도 난 얘기 안 할 거예요. 아무에게도요. 보세요, 난 거기 있었어요. 하지만 난 모른다고요.

멘델   당신은 여관주인을 봤습니까?

마리아   네, 봤어요. 그가 본 걸 나도 봤지요. 난 울었어요. 난 수천 마리의 개들이 울부짖는 것처럼 울부짖었어요. 중요한 건 그게 아니었어요. 폭도들은 낄낄거렸어요. 내가 크게 소리 지를수록 그들은 하고 있는 짓을 더 즐겼죠.

멘델   그럼 주인장은?

마리아   몸을 비틀고 또 비틀었어요. 주인님은 보고 또 봤고, 나는 소리 지르고 고함쳤어요. 짐승 같은 놈들은 낄낄 댔고, 어린 한나는 피범벅이 됐어요. 그 애는 누가 자기를 처음으로 폭행했는지 알았을까요? 그리고 얼마나 많은 사람들이 그 뒤를 따랐는지? 그 순간이 한 시간, 아니 두 시간, 그 이상 지속됐어요. 마치 평생 같았죠. 그러고 나서야 그놈들은 떠났어요.

멘델   당신은 계속 거기 있었고요.

마리아   물론 있었죠. 신부님도 거기 있었어요.

멘델   신부도?

마리아   네, 한나가 폭행당하고 있을 때 왔어요.

멘델   그는 폭도들을 말리려고 하지 않았나요?

마리아   했죠. 하지만 그들은 들으려고 하지 않았어요. 술에 취해 있었으니까요. 그리고 강간하느라, 약탈하느라, 살인하느라 바빴으니까요. 그 짐승 같은 놈들이 사람들의 피를 흘리는 동안, 한나의 몸과 영혼을 유린하는 동안 신부님은 십자가를 들어 올렸어요. 신부님이 특별한 경우에 사용하는 그 큰 십자가를요. 그러면서 사랑에 대해… 신의 사랑에 대해 얘기했어요. 아무도 귀 기울이지 않았죠. 그놈들은 예수님이 직접 와서 얘기했어도 듣지 않았을 거예요.

멘델   그럼 주인장은요?

마리아   계속해서 노려보기만 했어요.

멘델   당신도요?

마리아   네, 나도 노려봤죠. 그것 말고 뭘 할 수 있었겠어요? 그 짐승 같은 놈들은 계속해서 강간하고 기쁨에 넘쳐 광분하고 있고, 신부님은 계속 술을 마시며 설교하고 있고, 한나는 계속 더 많은 아픔과 수치심에 고통당하고 있고, 주인님은 피눈물을 흘리고 있었고, 난 계속해서 울부짖고 있었어요.

(그녀는 말을 뚝 그친다. 베리쉬가 무대에 다시 등장한 것
이다.)

멘델   (베리쉬에게) 이제 저는 더 이상 상상하지 않습니다. 이
       제 다 아니까요.

베리쉬 다 안다고 생각하지? 하지만 당신은 몰라. 절대 모를
       거야.

멘델   우린 당신과 함께 있겠습니다. 재판이 열릴 겁니다.

얀켈   하지만… 변호인은 어떡하고?

멘델   아, 그렇지, 변호인.

아브레멜 이렇게 비참할 데가… 이 드넓은 세상에서, 동쪽에서
       서쪽까지, 북쪽에서 남쪽까지, 전능자를 변호할 수 있
       는 사람이 하나도 없단 말인가?

얀켈   그분의 방법이 옳았음을 보여줄 사람은 없는 것인가?

아브레멜 그분의 영광을 노래할 사람은 없단 말인가?

멘델   가련한 왕, 가련한 인류… 전자는 후자만큼이나 동
       정받아야 합니다…. 도대체 온 왕국을 뒤져도, 온 나
       라들을 훑어도, 창조주 편을 들 수 있는 사람을 한 명
       도 찾을 수 없단 말입니까? 그분의 수수께끼를 설명
       할 수 있는 신자가 하나도 없습니까? 모든 것에도 불
       구하고 그분을 사랑할, 그분을 고발하는 자들에 맞서

그분을 옹호할 만큼 그분을 사랑할 수 있는 교사가 한
명도 없단 말입니까? 이 온 우주에, 전능하신 신의 사
건을 맡을 사람이 아무도 없는 겁니까?

나그네   아뇨, 있습니다. (잠시 멈췄다가) 제가 하겠습니다.

      (사람들 사이에 동요가 일어난다. 나그네가 미소를 짓는
      다. 마리아는 두 손으로 입을 막고 비명이 나오려는 걸 간
      신히 억누른다.)

멘델   당신은 누굽니까? 뭘 원하는 겁니까?

얀켈과 아브레멜   누가 보내서 온 거요?

나그네   난 당신들이 찾고 있던 그 사람입니다.

      (베리쉬가 마리아를 보호하려는 듯이 그녀 쪽으로 몸을
      움직인다.)

멘델   지금은 재판이 진행 중입니다!

      막이 내린다.

3막

2막과 완전히 똑같다. 여전히 동요하는 분위기에서 세 재판장은 나그네에게서 눈을 떼지 못한다. 나그네가 뿜어내는 그 무언가로 인해 그들은 거의 몸에 아픔을 느낄 지경이다. 마리아는 뒤로 빠져 있는 듯 보인다. 그 나그네를 보는 것을, 아니면 그의 눈에 띄는 것을 두려워하는 것 같다.

멘델   당신은 누굽니까?

나그네   내 이름은 당신에게 아무 의미가 없습니다. 그냥 '샘' 이라고 부르세요.

멘델   무슨 '샘'입니까?

나그네   그냥 '샘'입니다.

멘델   성 없어요?

샘   가족도 없습니다.

멘델   가족이 없다니? 말도 안 돼요! 분명 당신은 아버지 어머니가 있습니다. 적어도 있었겠지요. 그들은 어디에 있습니까? 당신은 어디에서 왔습니까?

샘   그걸 꼭 물어야 합니까? 꼭 알아야 해요? 변호인이 필요하기에 제가 여기 있는 겁니다.

베리쉬   우리 전에 만난 적이 있소?

샘   그럴 수도 있겠죠. 나는 많은 곳에서 많은 사람을 만났으니까요.

베리쉬   우리 여관에 묵은 적 있소?

샘   그럴 수도요. 나는 여러 집에서 묵었습니다. 당신이 손님을 맞는 것처럼 나도 그래요. 날 기억하는 사람도 있고, 날 잊어버리고 싶어 하는 사람도 있죠.

베리쉬   당신을 어디선가 본 것 같은 이상한 느낌이 드는데. 아마도 여기서….

얀켈   나도 그래. 혹시 드로호비츠에 가보셨소?

샘   아마도요.

아브레멜   혹시 암도우르는?

샘   아마도.

얀켈   카메네츠는? 맞아, 카메네츠.

베리쉬   여기서….

샘   그럴 수도 있어요. 다 가능해요. 말했잖습니까. 난 여행을 많이 다닌다고요. 난 사람들을 많이 만나요. 내가 가장 좋아하는 취미죠. 사람들 만나는 것. 난 다양한 걸 좋아해요. 사람들을 기분 좋게 하는 걸 좋아하죠. 도박도. 이기는 것도.

멘델　직업은 뭡니까?

샘　왜 자꾸 자세한 것을 알려고 합니까? 뭘 하든 안 하든 그건 제 소관이고, 미안하지만 제 개인사입니다. 다른 변호사를 원하면 얘기하세요. 그럼 전 제 갈 길 가겠습니다!

멘델　아니, 우린 그저 당신에 대해 더 알고 싶을 따름입니다.

샘　당신들도 다 자기만의 비밀이 있잖아요. 전 비밀을 간직할 권리가 없습니까?

　　　(이때까지의 대화로 나그네와 다른 사람들 사이에 관계가 다져진다. 그들은 기꺼이 그를 받아들인다. 대부분의 의혹은 가라앉았다. 곧 그들은 그에게 역을 맡아달라고 부탁할 것이다. 그때 갑자기 마리아가 비명을 지른다.)

마리아　안 돼요! 그를 믿지 마요! 그는 아니에요! 그는 비열하고 사악하다고요! 그가 가까이 오지 못하게 막아요! 그는 바로 사탄이에요! 주님의 살아 계심을 걸고 맹세해요! 제 목숨을 걸고도요! 그는 사탄이에요!

    (모두가 깜짝 놀란다.)

베리쉬   그럴 줄 알았어… 내 생각이 옳았어! 내 기억력은 틀림없다니까.

마리아   그를 내보내요! 여러분, 부탁이에요. 너무 늦기 전에 그를 쫓아내요!

멘델   베리쉬, 마리아… 지금 무슨 소릴 하고 있는 거예요?

베리쉬   난 어둠 속에서 그를 잠깐 언뜻 스쳐서 봤을 뿐이지만, 내 생각이 옳았어! 이제 모든 게 분명해지는군.

멘델   뭐가 분명해집니까?

마리아   그는 심장도, 영혼도, 감정도 없어요! 그는 사탄이에요, 정말이라고요!

베리쉬   (멘델에게) 모르겠소? 저들은 서로를 알아요.

멘델   그게 어쨌다는 겁니까? 여기서 만난 손님들 중 하나겠지요.

베리쉬   저들은 깊은 관계였소.

멘델   (샘에게) 그렇습니까?

샘   맞아요. 깊은 관계였습니다.

멘델   그렇다면 상황은 달라지겠네요. 아니, 상황은 아무것도 바뀌지 않아요. 그러니까 저들은 서로를 압니다.

그게 무슨 문제입니까? 그게 샘이 퇴장당할 이유입니까? 그는 애정문제가 있었습니다. 누구랑요? 재판장이나 검사 중 한 사람과? 아니죠. 혹시 피고와? 아닙니다. 그럼 뭐가 문젭니까?

마리아　당신은 몰라요, 그가 어떤 사람인지. 어떤 인간인지, 무슨 짓을 할지 모른다고요. 난 알아요.

멘델　그럼 얘기해봐요.

마리아　그는 사악해요. 잔인하고요. 그는 인간이 아니에요. 정말이에요, 그는 인간이 아니에요.

베리쉬　그래, 저 사람, 난 알고 있었어. 그를 언뜻 봤던 게 바로… 바로….

　　　　(마리아는 히스테리 상태이다. 나그네는 흔들리지 않는다. 오히려 살짝 즐거워하고 있다.)

멘델　이게 재판과 무슨 상관이 있습니까?

베리쉬　난 마리아를 믿소.

멘델　무엇 때문에 샘을 비난하는 겁니까? 마리아, 무슨 일이 있었던 거지요? 얘기해보세요. 우린 당신의 친구잖아요.

마리아　저 남자 얘기 듣지 마세요. 그를 쫓아내요. 그가 주변에 있는 게 불행이에요.

샘　　　지금 누구를 재판하는 겁니까? 재판장께서 결정하세요.

마리아　저 사람 말 듣지 마세요! 듣지 말라고요! 그의 목소리를 듣는 것만도 위험해요! 그는 영혼을 타락시키고 마음에 독을 집어넣는다고요!

멘델　　이유가 뭡니까? 왜 그래요, 마리아?

샘　　　얘기하시오, 아름다운 마리아. 다 얘기하라고.

마리아　싫어! 너무 수치스럽다고요!

샘　　　그래야지. 하지만 당신, 그땐 안 그랬소. 내 말이 틀렸나? (잠시 멈췄다가) 우리 교양 있는 성인처럼 행동할 수 없겠소? 이 신경질적인 시골 처녀에게 조용히 하라고 좀 얘기해주십시오.

베리쉬　(펄쩍 뛰며) 지금 마리아를 모욕해? 전에는 상처를 주더니 이번엔 모욕을 해? 이제 기억난다. 마리아가 흐느끼며 울었지. 제정신이 아니었어. 네가 마리아를 다 망쳐놓고, 지금은….

샘　　　주인장, 주인장, 당신은 그녀를 너무 감싸고 도시는데, 그렇게 하시는 특별한 이유라도 있는 건 아니겠죠?

베리쉬　감히 나에 대해 그런 말을! 한마디만 더 해봐, 그게 네 유언이 될 테니!

멘델 베리쉬, 제발요! 그는 그 무엇으로도 당신을 비난하지 않았습니다. 농담 좀 한 걸 가지고 왜 그렇게 화를 냅니까? 지금 농담한 거죠?

샘 항상 그렇습니다, 존경하는 재판장님. 전 늘 농담을 하지요.

마리아 (눈물을 글썽이며) 그를 믿지 마세요!

멘델 우리에게 모든 얘기를 해주지 않는다면 계속 입을 다물고 있어야 할 겁니다, 마리아.

　　(마리아는 얼굴을 손으로 감싼 채 긴 의자에 털썩 주저앉는다. 나그네가 그녀를 과장된, 동정 어린 눈으로 지켜본다.)

샘 (분위기를 깨기 위해) 술 한잔 더 마십시다, 신사분들. 우린 모두 술이 필요해요. 걱정 마십시오, 주인장. 제가 살게요. 제가 내겠습니다.

　　(샘이 술을 따른다. 긴장감이 풀어진다.)

얀켈 아, 여자들이란! 다 똑같아! 처음엔 즐기다가 그다음엔 울어버리지.

아브레멜 난 항상 우는 여자들을 좀 알아.

얀켈 아마 우는 걸 즐기는 것일 테지.

아브레멜 결혼식장에서 봤어.

얀켈   내가 본 사람들은….

멘델   됐습니다! 우린 서커스를 하고 있는 게 아니에요!

얀켈   안됐군. 서커스엔 말이 있는데.

아브레멜   그리고 곰처럼 춤추는 사람처럼 춤추는 곰들이 있지.

얀켈   진짜? 난 말만 봤는데. 어디 가든 말이 보여.

아브레멜   호랑이도 있어. 사자도. 그리고 수염 난 여자도. 거대
        한 난쟁이도 있어.

샘   그리고 재판장도 있지요. 검사도. 피고도.

모두들   어떻게 그런 말을! 무례하군!

샘   이거 서커스 아닙니까… 일종의?

멘델   아뇨. 여긴 극장입니다. 엄연히 달라요.

샘   그래요? 뭐가 다르죠?

멘델   서커스는 광대만 고용합니다.

샘   극장도 그래요.

멘델   서커스에서는 울 때조차도 웃습니다.

샘   극장도 마찬가지예요.

멘델   서커스는 아이들을 위한 곳입니다. 극장은 그렇지 않
        지요.

샘   난 서커스를 하는 게 더 좋았겠네요… 하지만 오늘 밤
        엔 극장도 괜찮겠지요.

아브레멜	노래할 줄 아시오?
샘	가끔 합니다. 하지만 마지못해 할 뿐이죠.
아브레멜	거참, 슬픈 일이군.
멘델	당신은 누굽니까?
베리쉬	못 들었소? 그는 그 사람이잖소.
멘델	애정관계가 있는.
베리쉬	전에 여기에 있었던.
멘델	나그네가 아닐 때 당신은 누굽니까? (잠시 멈췄다가) 당신은 누구에게 낯선 사람이 아닙니까?
얀켈	어디선가 그를 본 적이 있어. 틀림없이 드로호비츠였을 거야!
아브레멜	암도우르야.
멘델	좋습니다. 우리는 당신의 사생활을 존중하겠습니다. 한데 우리가 오늘 밤 여기에서 뭘 하려고 하는지 압니까?
샘	아까 당신들이 몇 마디 말하는 걸 들었습니다. 나머지는 추측했지요.
멘델	우리가 당신에게 뭘 기대하는지 압니까?
샘	변호인으로서 임무를 완수하는 것이지요.
멘델	누구를 변호하는 건지는 압니까?

샘   예, 압니다.

멘델   겁이 나진 않습니까?

샘   난 겁 같은 건 없습니다.

멘델   당신은 딱 그렇게, 조금의 망설임도 없이, 어떤 준비
       같은 것도 없이 의뢰인을 변호할 태세가 되어 있군요.
       어쩌면 당신이 해야 할 일이 과연 내키는 일일지도 자
       신에게 한번 물어보지 않고 말이지요? (잠시 멈췄다가)
       당신은 외경심도 없습니까? (멈췄다가, 목소리를 높여)
       당신은 감정이라는 것 자체를 느끼지 않습니까?

샘   난 감정을 싫어합니다. 그런 것보단 사실과 차분한 논
       리를 선호하지요. 나에 관한 한, 우리는 지금 당장 재
       판을 시작해도 됩니다. 제 의뢰인과 저는 준비가 되었
       으니까요.

멘델   당신은 어때요, 검사님?

베리쉬   나도 준비됐소.

멘델   (테이블을 쾅 치며) 우리에게 부여된 권한으로, 이 거대
       하고 엄숙한 재판을 시작합니다. 우리는 기소 의견을
       듣고 변호를 듣겠습니다. 그리고 공정히 재판하여 정
       의를 구현할 것을 맹세합니다.

샘   정의? 누구의 정의요? 당신의?

베리쉬   그게 무슨 질문이오? 정의는 정의지. 나나, 당신이나, 저 사람이나. 어디든 다 똑같은 거지, 다른 정의도 있소?

샘   신의 정의가 있지요.

베리쉬   그럼 그건 내 것과 다르단 말이오? 만약 그렇다면, 당신의 승인하에 —또는 승인이 없더라도—난 그것을 거부하겠소! 영원히! 난 이류의, 이차적인 정의, 불쌍한 사람의 정의는 원치 않아! 난 내 손에서 빠져나가고, 날 무시하고, 날 비웃는 정의는 상관하기 싫소! 정의는 남자와 여자를 위해 여기에 있소. 따라서 난 인간적인 정의를 원하오. 그렇지 않을 거면 정의는 그나 가지라 하시오!

샘   신의 정의를 당신 수준으로 끌어내리고 싶다는 겁니까? 당신의 정의를 그분의 수준으로 끌어올리는 게 낫지 않겠어요?

마리아   저 사람 좀 보세요! 저자가 정의를 말하다니! 저 악당이! 추잡한 악당 주제에!

멘델   마리아! 그만하세요!

베리쉬   말하게 두시오! 부당한 일을 당한 자가 정의에 관한 토론에 참여하면 왜 안 되오?

샘	검사는 법정의 원칙과 절차에 대해 배우는 편이 낫겠습니다.
베리쉬	나에게, 누구한테 뭘 배우라고 하지 마!
얀켈	(신이 나서) 좋아, 아주 좋아! 싸워라! 싸워라!
아브레멜	더 크게!
얀켈	소리 질러! 소리 지르라고!
아브레멜	신나게 말로 공격해봐!
샘	존경하는 재판장님, 제 의뢰인은 폭력을 몹시 싫어합니다. 제 의뢰인은 평화를 믿거든요!
베리쉬	하, 하, 하! 평화를 역설하면서 폭력을 양산하나?
얀켈	좋아, 베리쉬! 브라보, 주인장!
아브레멜	운을 맞춰서 싸우는 건 어때요?
베리쉬	당신 미쳤소? 우리가 운이나 맞추려고 여기 있는 거요?
얀켈	부림절을 기념하려고 여기 있지요.
아브레멜	그리고 못된 놈들은 심판하고 정의로운 사람에겐 상을 주려고요. 운을 맞춰서요.
얀켈	부림절이라… 내 말은 운을 맞춰서 울곤 했는데. 부림절에만 말이야!
아브레멜	우리, 가면을 써야 하지 않을까?
얀켈	자넨 천재야.

샘	재판장님! (불쾌감을 드러낸다.)
멘델	저명한 동료 재판장들이여, 좀 더 위엄 있게 행동해주십시오! (그도 불쾌감을 드러낸다.) 그리고 검사님, 핵심만 얘기해주십시오. 제발!
샘	검사님께서 혐의점을 자세히 설명해주시면 몹시 감사하겠습니다! 기소 내용이 정확히 뭐죠?
멘델	(베리쉬에게) 검사님?
베리쉬	샴고로드의 유대인 여관주인인 나 베리쉬는 그를 적개심, 학대, 그리고 무관심의 죄로 고발하는 바요. 그는 그의 백성을 싫어하든지 그들에게 관심이 없든지 둘 중 하나요! 그런데 말이오, 그는 왜 우리를 선택했을까? 왜 한 번쯤 다른 사람을 선택하지 않았을까? 그가 우리에게 일어날 일을 알고 있든지 아니면 알고 싶지 않았든지 둘 중 하나겠지! 두 경우 다 그는… 그는… 유죄요! (잠시 멈췄다가, 큰소리로 똑똑하게) 그렇소, 유죄요!

(순간 분위기가 바뀐다. 격렬한 감정이 내포된다. 베리쉬와 샘은 도전적으로 서로의 얼굴을 바라본다. 샘은 빈정대는 표정인 반면 베리쉬의 얼굴엔 분노가 가득하다. 법정 분위기는 침통하고 불편하다.)

샘　유죄라. 허허. 그래서 검사님은 혼자서 그 결론에 이르렀군요. 진지하게 생각해봅시다. 검사님, 당신은 한낱 인간입니다. 반면에 제 의뢰인은—뭐라고 표현해야 할까요?—그 이상이죠. 그분을 기소하고 싶다고요? 그렇다면 알겠습니다. 하지만 그래도 분노 이상을 보여주십시오. 입증해달라고요. 법정에서 중요한 건 바로 그겁니다. 아시잖아요.

베리쉬　입증? 그게 뭐요?

샘　사실을 보여달라고요.

베리쉬　사실? 무슨 다른 사실을 원하는 거요? 또 무슨 사실이 필요한 거요? 우리가 바로 사실이오. 우리가 증거, 살아 있는 증거지. 우리를 보라고! (위협적인 태도로 그에게 다가간다.) 우리를 봐, 그럼 알게 될 거고 이해하게 될 거요. 잘 보라고. 우리가 샵고로드에서 아직까지 볼 수 있는 유일한 사람들이니까! 다른 사람들은, 다른 모든 사람들은 볼 수 없소. 여기 없소. 죽었소. 우릴 보시오. 분명히 말하는데, 우릴 보면 다른 사람들이 기억 날 거요!

샘　저는 당신들을 보고 있습니다. 매우 생기가 넘치고 살도 쪄서 가난의 흔적은 전혀 찾아볼 수 없는 사람들이 보이네요. 당신은 손님들에게 식사와 잠잘 곳을 제공하지요. 그런데 무얼 불평하는 겁니까?

멘델   검사는 불평하는 게 아니라 기소하고 있는 겁니다.

샘   누구를요? 무슨 이유로요? 뭘 원하는 건데요?

베리쉬   원하는 건 없소. 내겐 모든 게 있었는데, 그 모든 걸 빼앗겼소. 하지만 요지는 그게 아니오.

샘   그럼 뭔가요?

베리쉬   날 다그치지 마시오. 난 진실이 드러나길 원하는 거요.

샘   누구의 진실?

베리쉬   또 모든 걸 다시 시작하는 거요? 누구의 진실이냐고? 내 진실이지! 하지만 내 진실이 그에게도 진실이 아니라면, 그렇다면 그는 내가 생각한 것보다 더 최악이요. 그럼 그가 우리에게 이 진실이 진짜가 아니라는 말도 없이 우리에게 진실의 감각과 열정을 줬다는 뜻이 되니까!

샘   그분이 당신에게 모든 걸 이야기해주고 모든 걸 해주길 바란 겁니까? 그분은 당신에게 열정을 주셨습니다. 그것에 감사해야지요!

베리쉬   감사라! 그걸 요구하기까지 하다니, 당신도, 그도 부끄러운 줄 아시오! 그는 우리에게 고통을 줬소. 우리에게 그런 걸 준 거요!

샘   압니다. 알아요. 당신들은 고통을 겪었고 아직도 괴로
       움 속에 있지요. 저도 공감합니다. 하지만 고통은 법
       적 증거로 여겨지지 않습니다.

베리쉬 좋소. 한 가지 사실은 벌써 나와 있소. 바로 샴고로드
       지. 작년에 샴고로드라는 마을엔 유대인 공동체, 유대
       인의 생활이 있었소. 샴고로드에는 유대인의 과거와
       미래가 있었지. 유대인의 온기와 유대인의 노래를 모
       든 거리에서, 모든 집에서 찾아볼 수 있었소. 지금 가
       서 그것들을 찾아보시오. 샴고로드에선 아무 소리도
       들리지 않소. 그 침묵이 사실이 아니라면 무엇이오?
       세 채의 성경연구소는, 허물어지고 약탈당했소. 대회
       당은, 불에 타서 전소됐소. 성경은 신성모독을 당했
       소. 이 잔해들이 사실 아니오? 잿더미가 사실을 밝히
       드러내고 있지 않소? 백 가정이 넘는 유대인이 여기
       살았는데, 지금은 하나밖에 없소. 그리고 그마저도 불
       구가 되고, 못 쓰게 되고, 기쁨과 희망을 빼앗겼소. 이
       모든 게 당신에겐, 그리고 그에겐 뭐요? (상대방을 한
       대 치기라도 할 것처럼 손을 올린다.) 이건 뭐요? 내가 묻
       고 있잖소?

샘   슬프네요.

베리쉬   뭐라고?

샘   슬프네요. 슬퍼요.

멘델   할 말이 그게 답니까?

샘   오, 전 그 사건들에 이의가 없습니다. 하지만 존경하
         는 재판장님, 저는 그것들이 우리 앞의 사건과 매우
         무관하다고 생각합니다. 저는 피가 흐르고 삶이 짓밟
         힌 것을 부정하지 않습니다만, 이런 질문을 던지고 싶
         습니다. 이 모든 것은 누구의 책임일까요? 결국 제게
         는 이 상황이 참으로 단순해 보입니다. 남자와 여자와
         아이들이 다른 사람들에게 집단학살을 당한 거지요.
         그들의 신(하늘 아버지)을 왜 끌어들이고, 왜 연루시키
         는 겁니까?

베리쉬   그를 따로 떼어놓자고? 그를 중립적인 방관자로 만들
         자? 아버지가 옆에 서서 자기 자식이 죽임을 당하는
         모습을 조용히, 말없이 지켜볼 수 있단 말이오?

샘   누가 죽이는데요? 바로 그의 다른 자식들입니다!

베리쉬   좋소, 다른 자식들이지! 그럼 그는 끼어들지 않는단
         말이오? 끼어들면 안 되는 거요?

샘   지금 은유를 사용하고 계시는데, 저도 제 은유를 사용

146

해보겠습니다. 인간이 서로를 죽이고 있을 때, 신은 어디에서 찾을 수 있을까요? 당신은 그분을 살인자들 사이에서 봅니다. 하지만 전 그분을 희생자들 사이에서 찾지요.

베리쉬   그를 희생자들 속에서? 희생자는 무력해. 그런데 그가 무력한가? 그는 전능하오, 안 그렇소? 그는 그 힘을 희생자들을 구하는 데 쓸 수도 있지만 그렇게 하지 않소! 그러니 그가 누구 편이오? 살인자가 그의 은총 없이, 그와 공모하지 않고 죽일 수 있겠소?

샘   당신은 전능자께서 살인자들의 편이라고 말하는 겁니까?

베리쉬   희생자들 편은 아니오.

샘   그걸 어떻게 압니까? 누가 그러던가요?

베리쉬   살인자들이 그랬소. 그들이 희생자들에게 얘기했지. 그들은 늘 그래. 늘 크고 분명하게, 자신들이 신의 이름으로 죽인다고 말하지.

샘   희생자들도 그러던가요? (베리쉬가 주저한다.) 아니죠? 그럼 어떻게 압니까? 언제부터 살인자들의 말을 당연하게 받아들였죠? 언제부터 그들에게 믿음을 두었습니까? 그들은 유능한 살인자이지만 유력한 증인은 못

147

됩니다.

베리쉬   희생자들의 말이 듣고 싶은 거요? 나도 그렇소. 하지
만 그들은 말하지 않소. 증인석에 앉을 수 없단 말이
오. 다 죽었으니까. 무슨 말인지 알겠소? 원고 측 증
인들은 죽은 사람들이오. 모두 다. 그들을 수없이 부
르고 소환할 수도 있지만, 그들은 여기 당신 앞에 나
타나지 않을 거요. 바깥세상 나들이에 익숙하지 않으
니까. 부림절 전야엔 더더욱. 그들이 어디에 있는지
알고 싶소? 공동묘지에 있소. 묘지 저 바닥에. 나는
그들의 부재를 가장 중대한 증거로, 가장 무거운 혐의
로 간주해주실 것을 재판장님께 간청하는 바이오. 존
경하는 재판장님, 그들이 증인이오! 보이지 않고 침
묵하는 증인이지만, 그래도 여전히 증인이란 말이오!
여러분의 의식과 기억 속에서 그들의 증언을 확인하
시오! 그들의 지나치게 이른, 부당한 죽음이 그토록
강력하고 격렬한 항의가 되었기에 온 우주가 공포와
회한에 떨고 있는 모습을 보란 말이오!

샘   이런 법이 어디 있습니까, 재판장님. 검사가 죽은 사
람을 대변할 권리가 어디 있습니까?

베리쉬   난 그들이 살아 있을 때 알았소. 그리고 그들의 죽음

을 목격했소.

샘   그래서요? 그들이 죽었을 때 그들이 어떻게 느끼고 생각하고 믿었는지 압니까? 아님, 알 권한이라도 부여받았답니까? 검사는 그들을 고소인, 혹은 원고 측 증인으로 묘사하고 있습니다. 그들이 그렇게 느끼지 않았다면 어쩌시겠습니까? 그들이 그 중요한 순간에, 회개하기로 선택했다면요? 그들이 이 추한 세상을 뒤로하고 영원한 평화와 진리의 세계로 들어가기를 기뻐했다고, 그래요, 기뻐했다고 한다면 말입니다!

베리쉬   말이 심하오! 아무리 검사라도 말이야! (샘에게) 당신은 사람들이 진짜 죽기를 바랐다고, 죽고 싶어 했다고 믿소? 그들이 죽는 걸 기뻐했다고? 그럼 당신은 미쳤거나 아니면 냉소적인 거요! 당신이 신의 변호인이라면 그에게 화가 임할 것이오!

샘   재판장님은 검사 측에 인신공격 및 개인 모독에 빠지면 안 된다는 의무를 상기시켜주시기 바랍니다! 검사님은 제가 해고되길 바라는 걸까요?

베리쉬   하지만 변호인은 망자[註]들을 모욕하고 있소!

샘   그게 왜 모욕입니까? 저는 한걸음 더 나아가 그들이 이 세상을 떠날 때 감사했으리라고 말하고 싶습니다.

베리쉬	무엇에 대해? 살육을 당한 것에 대해?
샘	고통이나 수치가 더 연장되지 않고 죽은 것에 대해서지요. 아시다시피 사람이 죽는 데는 수없이 많은 방법이 있습니다.
베리쉬	거짓말, 거짓말이오! 고통을 당하는 데는 수많은 방법이 있지만 죽는 방법은 단 하나뿐이오. 그리고 죽음은 늘 잔인하고, 부당하고, 비인간적이오.
샘	그렇지 않습니다, 검사님. 이 문제에선 제가 당신보다 훨씬 더 전문가입니다. 다른 경우보다 더 잔인한 죽음의 순간들이 있습니다.
베리쉬	그렇소? 더 잔인하다? 그건 맞소! 덜 잔인하다? 아니야! (재판장들에게) 필경사 렙 하임을 보시오. 그는 파리나 개미 한 마리도 눌러 죽인 적이 없었지. 그것들도 신의 살아 있는 피조물이니까. 나는 그가 고통 속에서 몸부림치는 모습을 봤소. 난 알고 싶소. 누가 그의 괴로움을 의도했소? 구두 수선공 쉬무엘은 어떻소? 그는 나그네들을 자기 자식처럼 대접했소. 난 그의 눈물, 그의 마지막 눈물을 보았소. 난 대답을 요구하는 바이오. 그의 피를 갈망한 사람이 누구요? 난 알고 싶소. 왜 찬양대 선창자 렙 이델이 살해된 거요?

또 그의 형제 렙 모니쉬는? 고아였던 하바와 그녀의 남동생 시샤는 왜 살해된 거요? 고맙다고 하려고? 그리고 나도 고맙다고 하게 하려고?

샘   당신은 또 그들을 대변하는 겁니까? 마치 그들로부터 대변인으로 임명이라도 받은 것처럼 행동하는군요. 그들이 당신을 임명했습니까? 그들은 당신이 아는 사람들이었습니다. 그래서요? 살아 있을 땐 당신의 친구였지만 죽은 지금은 다른 곳에 속해 있습니다. 죽은 자들은 죽은 자들의 세계가 있고, 그들은 당신이 한 번도 경험해보지 못한, 앞으로도 경험하지 못할 방식으로 함께 신의 품 안에 거하며 그분을 사랑하는 엄청난 공동체를 이루고 있습니다. (재판장들에게) 검사는 지금 살인과 죽음의 이유를 묻고 있습니다. 타당한 질문이지요. 하지만 질문할 것은 그 외에도 더 있습니다. 악함과 추함은 왜 존재하는가? 신께서 대답하지 않기로 정하신다면, 틀림없이 그분의 이유가 있을 겁니다. 신은 신이시며, 그분의 뜻은 우리 뜻과는 별개이니까요. 그분의 판단도 마찬가지입니다.

멘델   그럼 우리에게 남은 일은 무엇입니까?

샘   인내. 수용. 그리고 '아멘'이라고 말하는 것이지요.

베리쉬	절대 그럴 수 없어! 그가 내 목숨을 원한다면, 가져가라지. 그러나 그는 다른 사람들의 목숨을 앗아갔소. 설마 그들이 그의 뜻에 기쁘게 순종했다는 건 아니겠지. 그들이 지금 행복하단 말은 집어치우라고! 내가 그렇지 않은데, 게다가 난 살아 있는데, 그들이 어떻게 행복하겠소? 그래, 그들은 말이 없지. 잘된 거요, 그리고 그에게도 잘됐지. 그들이 침묵하기로 선택한다면 그건 그들 소관이고! 난 잠잠히 있지 않을 거요!
샘	이해됩니다. 그들은 그분의 자비와 은혜를 보았지만 당신은 그렇지 않으니까요.
베리쉬	마리아, 네 말이 맞아. 저 사람은 진짜 혐오스럽군. (샘에게) 당신은 집단학살이 지나간 뒤에 어떻게 은혜와 자비를 논할 수 있소?
샘	자비와 은혜를 논하기에 이보다 더 좋은 시기가 있습니까? 당신은 지금 살아 있습니다. 그게 그분의 친절하심의 증거 아닌가요?
베리쉬	샴고로드의 유대인이 목숨을 잃었소. 그건 그에게 친절함이 결여되었다는 증거 아니오?
샘	당신은 죽은 사람들에게 집착하고 있어요. 하지만 전 산 사람만 생각하지요.

베리쉬 그럼 그가 친절을 베풀기 위함이 아니라 잔인함을 보
       여주고자 날 살려둔 것이라고 말한다면 어쩌겠소?

샘   그분은 당신을 살려두셨는데, 당신은 그분께 맞서고
       있군요.

베리쉬 그가 샴고로드를 전멸시켰는데 내가 그의 편이 되어
       야 한단 말이오? 난 그럴 수 없소! 그가 계속 자신의
       방법을 고집한다면 그러라고 하시오. 그러나 난 '아
       멘'이라고 말하지 않을 거요. 날 짓밟으라고 하시오.
       난 카디시*를 드리지 않을 거요. 날 죽이라고 하시오.
       우리 모두를 죽이라고 하시오. 난 그의 잘못이라고 목
       청이 터져라 외칠 거요. 난 내 시위를 알리기 위해 마
       지막 에너지까지 쏟아부을 것이오. 살든 죽든 더 이상
       은 그에게 복종하지 않을 거요.

샘   그분은 당신을 살려두셨는데 당신은 그분을 화나게
       하는군요. 당신은 자신을 살려두신 분에게 상처와 고
       통을 주고 있어요.

베리쉬 그의 고통? 그런 건 신부에게나 맡기시오. 그에게 미

---

* 유대교에서 예배가 끝났을 때 드리는 송영. 사망한 근친을 위해 드리는 기도를 뜻
  하기도 한다—옮긴이.

안함을 느낄지 아니면 사람들에게 미안함을 느낄지 둘 중 하나를 선택해야 한다면, 난 언제든 후자를 선택할 거요. 그는 자기 일은 자기가 알아서 할 만큼 충분히 크고 충분히 강하니까. 그러나 사람은 그렇지 않소.

샘   (약간 흥분해서) 지금 당신이 맹렬히 비난하는 것도 가능케 하시는 신에 대해 당신이 뭘 압니까? 그분께 등을 돌리더니 이젠 그분에 대해 설명하고 있어요! 왜입니까? 당신이 집단학살을 목격해서? 수 세기에 걸쳐 사랑하는 사람들의 학살 현장과 폐허가 된 집들을 보며 애도했던 우리 조상들을 생각해보십시오. 그런데도 그들은 신의 방법이 의롭다는 말을 반복했습니다. 우리가 그들보다 더 훌륭합니까? 더 현명합니까? 더 순결합니까?

우리가 요크*의 랍비들이나 마겐차**의 학생들보다 더

---

* 1190년 영국 요크에서 일어난 폭동으로 150명에 이르는 유대인이 학살되어 요크의 유대인 공동체가 궤멸되었다 ─ 옮긴이.

** 독일 라인 강변의 도시 마인츠의 중세 히브리어식 이름. 독일 유대 문화의 중심지 중 하나였으나, 1096년, 제1차 십자군이 자행한 유대인 대량학살로 이곳의 유대인 공동체가 큰 피해를 입었다 ─ 옮긴이.

경건합니까? 프라하와 드로호비츠의 의인이나 살로니키의 환상가들보다 더 많은 비밀을 압니까? 우리가 천국 또는 진리에 대해 그들보다 더 많은 권리를 가졌습니까?

예루살렘 성전이 파괴된 이후 우리 선조들은 흐느껴 울며 '우밉네이 카타에노우*umipnei khataenou*'를 선포했습니다. '다 우리 죄 때문'이라고 말한 거죠. 그들의 후손도 십자군 전쟁 동안 동일한 말을 했고요. 이슬람교도의 성전聖戰 때도 그랬고, 집단학살 때도 마찬가지였습니다.

그런데 지금 당신은 다른 말을 하고 싶은 겁니까? 샴고로드에서의 학살이 성소가 불탄 것보다 더 중요합니까? 당신의 집을 파괴한 것이 신의 도시를 약탈한 것보다 더 악랄한 범죄입니까? 당신의 공동체의 죽음이 지토미르, 네미로프, 틀러스크, 그리고 베르디체프의 공동체가 사라진 것보다 더 큰 의미가 있습니까? 당신이 누구이기에 비교하거나 결론을 낼 수 있습니까? 흙으로 빚어진 당신은 흙에 불과한 존재입니다.

베리쉬 　내가 흙이 되는 걸 그가 바란다면 그는 왜 나를 그냥 흙으로 두지 않은 거요? 그러나 난 흙이 아니오. 난

서 있고, 걸어 다니고, 생각하고, 회의懷疑하고, 외치고 있소. 난 인간이란 말이오!

샘   우리 조상들도 그랬습니다.

베리쉬 그래서 그들은 계속 조용히 있었다? 그것 참 안됐구려. 그렇다면 나는 그들도 대신해서 말하겠소. 그들도 대신해서. 난 정의를 요구할 것이오. 예루살렘의 과부와 베타르*의 고아를 위해. 로마와 카파도키아의 노예를 위해. 그리고 오만Oman의 극빈자들과 코레츠**의 희생자들을 위해. 난 그들을 위해 소리치고 그에게 맞서 외칠 거요. 재판장들, 당신들에게 이렇게 외칠 거요. "그가 무엇을 해선 안 됐는지 그에게 말하시오. 이제 피 흘리는 일을 멈추라고 말하시오. 두려움 없이 임무를 수행하시오!"

멘델 우리는 임무를 수행할 겁니다, 주인장. 그런데 두려움 없이는 안 될걸요.

---

* 혹은 베데르. 예루살렘 서남쪽 10킬로미터에 위치한 고대 요새. 서기 132–135년 로마의 지배에 대항해 일어난 바르 코크바 항쟁의 거점이었으며, 격렬히 저항하던 유대인은 로마군의 오랜 포위 공격 끝에 전멸한다 — 옮긴이.

** 우크라이나 북서쪽의 소도시. 1648년과 1649년, 이곳의 유대인 공동체는 대부분의 유대인이 멸절되고 10여 가구만 남는 대학살을 겪었다 — 옮긴이.

샘   임무, 임무… 정말 엄청난 말이군… 누구로서의 임무
        요? 재판장으로서? 아니면 유대인으로서?

멘델   그 둘이 양립할 순 없습니까?

샘   재판장은 재판장입니다. 유대인들은 심판을 받고 있
        는 사람들이고요.

멘델   누구에게요?

샘   우선 신께, 그다음은 다른 나라들에게지요. 지금 우린
        망명 중이잖습니까.

베리쉬 망명 중이지만 우린 자유인이오! 여기 계신 여러분,
        대답해보시오. 당신들은 자유인이오? 이건 다 게임이
        고 여기가 극장이라는 건 알지만, 이 게임 속에서 당
        신들은 자유롭소? 자유인의 역할을 하고 있느냔 말이
        오. 대답해보시오!

            (그는 재판장들이 대답하지 못할까 봐 조바심을 내며 그
            들을 노려본다. 잠시 후 그들은 정신을 차린다.)

멘델   오늘 밤 우리 모두는 자유인입니다.

샘   (불안하게 만드는 웃음을 터뜨리며) 어떤 공동체는 부림절
        에 바보에게 왕관을 씌우는 풍습이 있습니다. 그에겐
        왕후가 주어지지요. 그 나라는 단 하루, 딱 하룻밤만
        지속됩니다.

멘델	하룻밤이면 충분합니다. 하룻밤은 아무것도 아닌 것 이상, 아니 아무것도 아닌 것의 반대죠.
샘	당신들은 자유인이군요. 그 자유로 무엇을 할 겁니까?
멘델	우리는 자유를 행사할 겁니다. 자유롭게 재판하는 거죠. 그게 다입니다.
샘	미리 정해놓은 생각 없이 재판한다고요?
멘델	네.
샘	편견 없이?
멘델	네.
샘	열정도 없이?
멘델	아뇨. 열정은 있습니다.
샘	그 판결은 쓸모없을 겁니다!
멘델	쓸모없을지도 모르지만, 그래도 판결은 내려질 겁니다.
마리아	(자리에서 일어나며) 살아 있는 증인이 있는데도 말인가요? (잠시 멈췄다가) 목격자가 있어도, 판결이 여전히 무가치한 것이 되나요?
멘델	당신은 청중 아닙니까? 당신은 토론에 끼어들 권한이 없습니다.
마리아	생각을 바꿨어요. 전 증언할래요.

(그녀는 재판장들을 정면으로 보며 앞으로 나간다. 증인

으로서 그녀는 결연하며, 거의 복수심에 불타는 것 같다.)

멘델　왜지요, 마리아? 왜 역할을, 그리고 생각을 바꾼 겁니

까?

마리아　증인이 필요하잖아요? 제가 증인이에요. 전 다 봤어

요. 전 증언할 수 있고, 그럴 권리도 있어요. 의무도

있고요.

샘　글쎄요.

멘델　무슨 뜻이지요? 왜 그녀의 증언을 받아들이면 안 됩

니까?

샘　거야… 그녀는 유대인이 아니니까요.

베리쉬　그러는 당신은? 설령 당신이 유대인이라 해도, 그게

무슨 차이가 있소? 언제부터 종교가 증인의 결격사유

가 될 수 있었단 말이오? 증인은 정직해야 한다는 것,

그게 전부요. 그리고 샴고로드의 여관주인으로서 나,

베리쉬는 그녀의 정직성을 보증하는 바이오.

멘델　당신은 진실을, 그리고 진실만을 말할 것을 맹세합니

까?

마리아　물론입니다. 그러나 진실 전체는 아니에요. 진실 전체

는 말할 수 없거든요. 하지만 전 진실을 알지요.

샘   지금은 부림절 재판이 진행 중입니다. 이젠 부림절 증
        인도 등장했네요!

멘델   당신은 증인을 위협하고 있습니다!

샘   존경하는 재판장님, 저는 이런 얘길 하려는 건 아니었
        습니다. 그녀를 공개적으로 난처하게 하려는 건 아니
        었습니다만, 자꾸 그렇게 말씀하시니까··· 그녀는 고
        결한 여인이라고 부를 만한 사람이 아닙니다. 더 나아
        가 전 그녀가 정숙한 여인이라고 칭할 수도 없다는 점
        을 말하고 싶습니다.

베리쉬   (한 대 치려는 걸 참지 못하고) 이 더러운 새끼!

샘   아뇨, 더러운 건 제가 아니라 그녀입니다. 저는 사람
        들이 귓속말로 하는 말을 입 밖에 내려고 하지 않았습
        니다만, 여긴 법정입니다. 진실은 밝혀져야만 합니다.

베리쉬   내 이 손으로 네 목을 졸라 죽여버릴 거다!

마리아   (베리쉬에게) 내버려두세요. (입술을 깨물며) 네, 주인님.
        전 이 사람 말이 듣고 싶네요.

베리쉬   뭐 하러? 저놈의 거짓말을 안 듣고도 죽일 수 있는데.

마리아   저도 그래요. 그래도, 듣고 싶어요.

샘   거짓말이라? 제 말이 분명 거짓말입니까? 그게 거짓
        말이라고 확신합니까? 여기 계신 여러분, 전 사실을

말할 의무가 있습니다. 전 이 여자를 겪어봤어요.

멘델   거기까진 우리도 압니다.

샘   재판장님의 승인에 따라, 저는 우리가 처음 만났을 때, 아니, 우리가 서로 얽히게 된 때의 상황에 대해 설명 드리겠습니다. 저는 하룻밤 묵으러 이곳에 왔습니다. 난로 위 자리를 얻고 값을 지불했지요. 저는 혼자였습니다. 하지만 얼마 지나지 않아 일이 벌어졌습니다. 반쯤 깨 있었는데, 어둠 속에서 누군가가 저를 보고 있는 게 느껴지는 겁니다. 바로 그때 그녀가 제 옆으로 와서 누웠습니다. 옆에? 아니, 가까이에요. 더 가까이 다가왔습니다. 그녀가 고결하고 정숙한 여인이라면 결코 해서는 안 되는 짓을 하기 시작했을 때, 전 이게 무슨 일인지 도저히 이해할 수 없었습니다. 저는 저항했습니다. 맹세코 저항했습니다. 그러나 그녀는 어떻게 하면 남자를 사로잡고 의지를 무너뜨릴 수 있는지 알고 있었습니다. 경험이 있었던 거지요… 그런데 여러분은 그러한 그녀의 증언을 받아들이려고 하고 있습니다!

베리쉬   더러운 놈, 더러운 새끼! 네 뼈를 다 부러뜨릴 테다! 두고 봐!

샘   당신의 분노를 이해합니다. 저라도 믿지 못할 겁니다. 이 여자가 그렇게 외설적이고 그렇게… 절제가 안 된다는 사실을요.

베리쉬 (당장이라도 공격할 자세로) 그만해!

샘   제가 얘기를 꾸며냈다고 생각합니까?

베리쉬 내가 무슨 생각을 하냐고? 넌 거짓말하고 있어. 그게 내 생각이다, 왜!

샘   그렇지 않습니다, 주인장. 그녀와 나, 우리는 함께 긴 긴 밤을 보냈어요. 믿지 못하겠으면 그녀에게 물어보십시오. (마리아에게) 우리가 길고도 즐거운 밤을 함께 보낸 것 맞지요? 그래요, 안 그래요?

      (마리아는 꼼짝하지 못한다. 마치 자신의 귀를 의심하는 것처럼 보인다.)

마리아 (여전히 샘을 노려보며) 맞아요.

샘   난로 근처에서?

마리아 그래요.

샘   느낌은… 즐거웠죠?

마리아 그래요.

샘   (베리쉬에게) 어떻습니까?

베리쉬 네가 완력을 썼겠지!

샘	(마리아에게) 그랬나요?
마리아	아뇨.
베리쉬	설마 네 매력에 끌렸단 건 아니겠지! 네가 마술을 걸어서….
샘	물어보세요.
마리아	그는 매력적이었어요. 그와 있을 때, 전 행복을 발견했지요. 그런 행복이 존재하리라고는 짐작도 못했었어요.

> (격노한 베리쉬를 향해 샘은 그저 어깨를 으쓱할 뿐이다. 모든 눈이 마리아를 향한다. 마리아의 태도가 변한다. 그 어느 때보다 상냥하다. 그녀는 꿈을 꾸고 있는 것일까?)

마리아	사악함, 사악함에 한계가 있나요? 그건 마치 고통 같아요. 그때 너무나 고통스러웠는데, 아직까지도 그 고통이 남아 있네요.
	왜인지 모르겠어요… 들판을 거닐 때였어요. 속삭이면서, 고요함 속에서 망설이듯이 그가 날 어루만졌어요. 날 사랑한다고 하더군요. 나 없이는 못 산대요. 나한테 그렇게 말한 사람은 그가 처음이었어요. 내가 말했죠. "하지만 우린 방금 만났는걸요." 맞아요. 하지만 그는 전에 나를 봤었대요. 여러 번. 아주, 아주 먼

곳에서. 친척집에서, 친구의 농장에서. 하지만… 아니에요.

난 도망갔고, 그는 날 쫓아왔어요. 난 듣지 않으려고 했지만 그의 말이 들렸어요. "그게 사랑이에요"라고 그가 말했어요. 미친 듯이 사랑에 빠지는 게 가능하다는 걸 난 그때 처음 믿었어요. 대화가 오갔고, 더 많이 대화를 나눴어요. 더 많은 밤을 만났어요. 그의 말이 기다려지기 시작했어요. 내 삶에 어떤 말이 빠져버려서 채워져야 했죠. 그의 말을 들으면 심장이 더 빨리 뛰었어요. 그는 내 마음을 불타오르게 했어요… 말이 애무가 되었지요.

난 혼란스러웠고, 불안해졌어요. 생각할 수도, 볼 수도 없었어요. "사랑은" 하고 그는 계속 말했어요. "사랑은 모든 것을 정당화해요." 난 '모든 것'이라는 말이 두려웠어요. '사랑'이라는 말도요. 하지만… 아니에요. 어느 날 밤, 난 그에게서 도망쳤어요. 내 방으로요. 그런데 문을 잠그는 걸 잊었어요.

샘   (비웃으며) 참 편리한 변명이군….

마리아   그가 문을 열었어요. 자긴 나 없이 못 산대요. 울면서, 또 웃었어요. 위협하면서, 또 약속했어요. 그러면서 내내 사랑이 삶 자체보다 더 귀중하다고 속삭였죠….
그의 손이, 그의 얼굴이, 그의 입이 내게 닿았어요. 내
안으로 들어왔어요. 비명소리가 들렸어요. 내가 지른
걸까? 그가 지른 걸까? 난 생각했죠. 사랑, 이게 사람
들이 사랑이라고 부르는 것이라고.

  (한참 동안 말이 없다. 아무도, 샘조차도 과거를 기억해내
  는 그녀를 방해할 엄두를 내지 못한다.)

그러고 나서… 정신이 들었는데, 모든 게 달라져 있었
어요. 그는 일어나 내 얼굴을 때렸어요. 분노와 증오
를 담은 손으로 말이죠. "넌 싸구려 창녀야!"라고 그
가 소리 질렀어요. "넌 속았어, 속았다고!" 폭력과 폭
언이 계속됐어요. 어느 쪽이 더 아팠을까요? 그는 계
속 폭력과 폭언을 내게 퍼부었지요. 난 그가 유혹하도
록 허락했기에 불결하고 무가치한 사람이었어요. 그
는 내게 침을 뱉었어요. 그걸 뭐라고 할 수 있을까요?
난 궁금했어요. 그땐 몰랐어요. 하지만 이젠 알아요.
그건 '악'이에요. 사람들이 악이라고 부르는 것이죠.

  (마리아는 증오도, 격한 감정도 없이, 그저 슬픈 어조로,
  그리고 놀라운 표정으로 말했다. 샘은 그녀의 발언이 끼
  치는 영향에 대응하기 위해 무슨 말이든 해야 한다고 느

긴다.)

샘   이 여자 말을 믿습니까? 다들 참 어수룩하군요! 그녀
는 자기가 몇 날 밤을 저항했다고 말했습니다. 그럼
그때 제가 그녀와 함께 있는 걸 베리쉬가 왜 못 봤을
까요?

베리쉬   나도 봤소!

샘   몇 번이나요?

베리쉬   한 번… 난 그걸 분명히 기억해. 왜냐하면 그다음에…
그다음에…

샘   그녀는 내가 그녀를 설득하러 한 번 이상 왔다고 말
했습니다. 진짜로, 제가 그녀를… 설득하는 걸 봤습
니까? 게다가 지금 시간만 된다면 전 제가 여길 한 번
이상 올 수 없었음을 증명해 보이겠습니다. 그녀가 여
기서 날 봤다고 했던 그때, 저는 다른 곳에 있는 친구
집에 있었습니다… 마로츠카에서요. 예, 우리 형제들
이 죽임을 당한 그 작은 마을이요. 전 제 결백을 주장
하려고 이 말을 하는 게 아닙니다. 제가 재판을 받는
건 아니잖습니까? 단지 이 여자가 증인으로서 자격이
없다는 점을 보여드리려는 거지요…. 하지만 우리에
겐 그녀 말고도 증인이 될 수 있는 사람이 있습니다!

멘델   그녀 말고도? 무슨 말입니까?

샘   젊고 아름다운 아가씨가 있지요.

베리쉬   그 전에 네가 먼저 죽을 거다! 네 살아 있는 더러운
        눈길로 그 애를 보진 못할 것이야!

          (소동이 벌어진다. 베리쉬는 그 어느 때보다 폭력적이다.
          샘은 의문을 던져 주의를 다른 데로 돌리고 있다. 때문에
          이제 마리아의 증언은 온데간데없다.)

멘델   한나는 아픕니다. 우린 아까 그녀를 봤어요. 그녀를
        방해하면 안 됩니다.

샘   우리가 그녀를 해치려는 건 아니잖습니까? 몇 가지 질
        문만 하고 돌려보낼 테니까요. 그게 뭐가 문제입니까?

베리쉬   뭐가 문제인지 알려주지. 그 애는 내 딸이지, 네 딸이
        아냐. 그 애는 범죄자라면 충분히 봤어. 너까지 보게
        하고 싶진 않다고.

샘   재판장 여러분! 이 집엔 목격자'이자' 희생자인 한 사
        람이 있습니다. 그녀의 증언을 듣는 것이 우리의 신성
        한 임무 아닙니까?

          (세 재판장이 귓속말을 주고받는다.)

멘델   이해할 수 없군요, 변호인. 한나를 증인으로 소환하기
        로 한다 해도, 그녀는 분명 피고 측이 아니라 원고 측

167

을 도울 텐데 말입니다.

샘   제 의뢰인과 저의 생각은 다릅니다, 재판장님. 우리의 시각에서 증인은 원고 측에도, 피고 측에도 기여하지 않습니다. 진리에, 그리고 진리에만 충실할 뿐이죠.

베리쉬   내 딸은 안 돼!

샘   이 법정의 관심은 당신 딸이 아니라, 증인에게 있습니다.

베리쉬   내 딸은 안 돼!

샘   뭘 두려워하는 겁니까? 우린 훌륭하고 고결한, 또 너그러운 사람들 아닙니까? 실제로 우린 그녀를 돕고 위로하기만을 바랄 뿐입니다! 정말입니다, 주인장!

베리쉬   내 딸은 안 돼!

얀켈   사실⋯

베리쉬   내 딸은⋯

아브레멜   당신은 겁내고 있어요!

베리쉬   겁내고 있는 건 내 딸이오. 그 애는 모든 사람을 두려워해. 내 딸은 절대⋯

아브레멜   우릴 믿지 못합니까? 그녀는 우리를 봤어요. 우릴 두려워하지 않아요.

얀켈   (안심시키는 말투로) 그녀는 우리가 보호할 겁니다, 주인장. 걱정 마세요.

아브레멜   제발 우리를 믿으세요. 오래 걸리지 않을 겁니다. 일 분이면 돼요. 그러니 가세요.

얀켈   그녀를 다시 볼 수 있다면 영광이겠습니다.

베리쉬   (샘에게) 내가 널 그냥 두나 봐라⋯ (퇴장한다. 마리아가 뒤를 따른다.)

얀켈   난 예전엔 부림절이 좋았어.

아브레멜   난 휴일이라면 다 좋았는데.

멘델   난 아닐세. 난 언제 즐거워하라고 하는 게 싫어.

얀켈   난 좋은데.

멘델   억지로 받아들일 수 있는 건 슬픔이지, 기쁨이 아니야.

샘   무슨 차이가 있습니까?

멘델   오, 차이가 분명히 있지요. 있어요. (잠시 멈췄다가) 우리 둘이 예전에 만난 적 없습니까? (잠시 멈췄다가) 혹시 치로노프에 간 적 있습니까? (잠시 멈췄다가) 치로노 프에 대해 들어봤습니까?

(샘은 어느 질문에도 대답하지 않는다. 불편한 분위기를 깨기 위해 얀켈이 끼어든다.)

얀켈   나 들어봤어.

아브레멜   치로노프의 그 유명한 대학살 말이지. 유대인이 죄다 죽어버린.

멘델   모두 죽었지…. 한 명 빼고.

얀켈   그 애긴 우리한테 한 번도….

아브레멜   자네 치로노프에서 온 거였나?

얀켈   그때 거기 있었던 거야….

멘델   그렇네. 거기 있었어.

아브레멜   그런데 어떻게 빠져나올 수 있었나?

샘   빠져나올 구석 하나는 늘 있지요.

얀켈   기적이군!

샘   그걸 기적이라고 부르는 사람도 늘 있고요.

멘델   (샘에게) 당신도 거기 있었습니까? 그때? 아냐, 그럴
        순 없지. 아니면 그 전에? 당신을 치로노프에서 본 것
        같은 기억이 있는데….

        (또다시 샘은 대답하지 않는다. 또다시 얀켈이 침묵을 깬
        다.)

얀켈   무슨 일이 있었나? 어떻게….

멘델   안식일 아침이었네. 회당은 사람들로 북적이고 있었
        지. 평소보다 더 많은 사람들이 모였네. 난 비마* 위에

---

* 유대교 회당에 만들어놓은 단. 예배 중 그 위에 서서 토라를 낭독한다 — 옮긴이.

올라서서 두루마리 성경을 펴고 읽었네. 그날 우리는 명절을 기쁨으로 기념하라는 율법을 읽었네. 문장을 채 끝마치기도 전에 문들이 열렸네. 폭도들이 들이닥쳤지. 살인자들은 웃고 있었어. 난 그들의 빛나는 칼만큼이나 그들의 웃음소리를 똑똑히 기억하네. 몇 분 후, 상황이 완전히 종료되었네. 유대인은 한 명도 비명을 지르지 못했어. 그럴 시간도 안 됐으니까.

"그리고 너희는 명절을 기쁨으로 기념하라"라고 한 말이 머릿속을 맴돌고 있었네. 그러다 나는 사라져버린 공동체 속에 홀로 남은 나를 발견했지. 난 여전히 서 있었네. 살인이 자행되는 내내 서 있었던 걸세. 펼쳐진 양피지 성경 앞에서. 난 왜 남겨졌을까? 내가 서 있었기 때문에 그들이 날 보지 못했다는 게 가능할까? 내겐 피, 피밖에 안 보였네. 난 광기가 엄습하는 것을 느꼈네. 난 반복해서 이렇게 중얼거렸네. "그리고 너희는 명절을 기쁨으로 기념하라. 기쁨으로, 기쁨으로." 그리고 난 뒤로 빠져나와 그곳을 떠났네.

샘   기적을 일으키신 주님을 찬양할지어다!

멘델   주민 전체가 살해됐는데, 기적에 대해 말할 수 있습니까?

샘	유대인 한 명이 살아남았는데, 그건 무시한단 말입니까?
아브레멜	폭도들이 갑자기 눈이 멀었구먼. 그게 어떻게 가능하지?
샘	기적은 기적일 뿐입니다. 기적은 설명이 필요 없지요.
얀켈	기적은 그냥 일어날 뿐이야. 그런 일이 좀 더 자주 일어나야 하는데.

(흰옷을 입은 한나가 베리쉬와 마리아의 에스코트를 받으며 등장한다.)

마리아	예쁜 아가, 겁내지 마. 겁낼 필요 없어.
한나	제가 왜 겁을 내야 하나요? 제가 겁내는 것 봤어요?
마리아	아니, 한나. 물론 본 적 없지.
한나	왜 그런지 아세요? 두려워하는 건 불행을 믿기 때문이에요. 그런데 전 그렇지 않아요.
마리아	물론이지, 착한 아가. 아무 일도 일어나지 않을 거야. 오늘 밤엔 분명히 그럴 거야.
한나	오늘 밤엔?
마리아	오늘 밤은 부림절이니까.
한나	전 에스더 왕후 역할을 하고 싶어요. 그래도 될까요?
마리아	뭐든 하렴, 예쁜 한나야. 원하는 것, 하고 싶은 건 뭐

든 해도 돼. 우리가 여기 있잖니.

한나 그녀는 행복한가요?

마리아 누구?

한나 에스더요. 에스더 왕후. 그녀는 행복한가요?

멘델 틀림없이 그럴 거야. 그녀는 아름답고, 부유하고, 강하니까. 원하는 건 다 얻지. 모두에게서.

한나 안됐네요.

멘델 안됐어? 왜?

한나 난 에스더 왕후는 할 수 없을 것 같아요. 하긴, 아마 그녀는 행복하지 않을 거예요. 그저 그런 척하는 거죠.

샘 그럴 수 있어요, 젊은 아가씨. 당신의 지성뿐 아니라 매력에도 감탄하게 되네요. 당신이 방금 한 말은 확률이 높진 않아도 가능성이 있어요. 에스더는 행복하지 않아요. 거짓말을 듣고 있기 때문이지요. 모두가 그녀에게 거짓말을 해요. 늙은 왕, 그녀의 삼촌, 그녀의 친구들이. 하지만 하만은 그렇지 않아요. 그는 거짓말하지 않지요. 다른 사람들은 다 그녀를 이용했어요. 하지만 하만은 그렇지 않았죠. 그래서 그녀는 더 불행해요.

한나 아, 맞아요, 하만! 제가 에스더 역을 하면 당신은 하만이 되어줄 건가요?

샘   명령만 하십시오, 폐하.

한나   왕은 누구예요? (멘델에게) 당신인가요? 그래요, 당신
이 하세요. 그럼 모르드개 삼촌은? (얀켈에게) 당신?

얀켈   그는 뭘 해야 하는데요?

한나   슬퍼하는 거죠.

얀켈   (아브레멜을 가리키며) 슬픈 건 저 사람에게 하라고 해
요!

한나   그럼 제 형제자매는 어디 있나요? 날 필요로 하는 사
람들 말이에요. 내가 구해야 하는 사람들. 그들은 어
디에 있지요? 그들을 보고 싶어요! 순수한 영혼을 지
닌 그들의 자녀들도… 지혜로운 말을 하는 그들의 부
모님도… 그들의 신랑, 신부도… 다 어디 있나요? 죽
었나요? 에스더는 그들을 구하지 못했어요. 아무도
그들을 구하지 못했죠. 불쌍한 왕후. 또 거짓에 속은
거예요.

얀켈   하지만 그런 얘긴 책에 없는데.

샘   그럼 다른 책에 있겠지요.

한나   난 당신이 싫어요.

샘   당연하지요. 전 하만이니까요. 하만은 거짓말하지 않

아요. 그리고 아무도 인정하려 들지 않는 얘기를 당신에게 해줄 거예요. 다 왕후의 잘못이라는 거죠. 박해, 고통, 괴로움… 다 왕후 때문이에요. 그녀는 분명 여러 남자와 여러 번 죄를 지었음에 틀림없어요. 그러니까 그런 고통과 황폐함이 온 거죠.

한나   하지만 난 음악소리가 들려요. 웃음소리, 행복한 외침. 아버지와 어머니가 서로에게 '마젤 토브'라고 말하는 게 들려요. 사람의 목소리, 어쩌면 내 것일지 모를 목소리가 들려요. 이렇게 외치죠. "아리예-레입, 아리예-레입…."

멘델   불쌍한 에스더 왕후. 그녀는 한나를 기억하고 있어.

얀켈   난 다시 재판장이 되고 싶어.

한나   "아리예-레입", 목소리가 "아리예-레입"을 외치고 있어요. 그는 듣지 못해요. 들을 수 없어요. 그는 죽었으니까. 나도 죽었어요.

얀켈   저는 다시 재판장이 되기를 요청합니다!

한나   왕후는 죽었어요. 그래도 그녀의 삶에서 가장 아름다운 날이에요. 기억해요, 마리아?

     (한나는 행복해 보인다.)

베리쉬   저 애는 기억해. 나도 그렇고. 그리고 난 저 애가 잊게 하기 위해서라면 내 목숨까지 포함해서 내가 가진 모든 걸 내놓을 거야… 그들은 아리예-레입을 죽였어. 그 애의 나이 든 아버지도. 그리고 결혼식장에 온 증인들도. 그리고 막 식을 거행하려고 하던 랍비들도. 연주자들도, 손님들도. 그들은 죽이고 또 죽였어. 그리고 난 기억해, 난 기억해….

멘델　계속하십시오, 주인장. 샴고로드, 드로호비츠, 치로노프, 다 똑같습니다. 우리는 진상을 알려야 하고, 기억해야 합니다. 모든 얘길 해주십시오. 우린 기억할 겁니다.

베리쉬　당신들은 충분히 들었소. 하지만 전부 들은 건 아니지.

아브레멜　주인장 말을 들으면서 전 부림절 기적이 없는 부림절이 상상이 됩니다. 이젠 모든 걸 알 것 같네요.

베리쉬　수산 궁의 유대인들을 상상해보시오. 그리고 샴고로드도. 훼손되고, 칼에 베이고, 불구가 되고, 거리로, 진창으로 던져진 사람들을. 그들의 왕후 에스더를 상상해보시오. 너무나 아름답고 사람들을 잘 믿고 순수하고 빛나는, 그런 그녀가 피와 먼지를 뒤집어쓴 모습을, 줄을 지어 기다리는 술꾼들과 바닥에서 뒹구는 모습을… 상상이 되시오?

멘델   전 상상할 필요가 없습니다. 알고 있으니까요.

마리아 가자, 한나. 방으로 돌아가자.

한나   아리예-레입, 난 너무나 행복해요, 아리예-레입. 우
      린 영원히 죽지 않아요. 그리고 부자예요. 저 숲은 우
      리 거예요. 저 강도. 저 별들도… 별들이 더 밝게 빛
      나네요. 그리고 삶이 우리를 부르고 있어요. 우리가
      삶을 부른 대로요. 우릴 놀라게 할 것은 아무것도 없
      어요. 아무것도 우릴 무관심하게 두지 않아요. 우린
      세상의 중심에 살고 있으니까요. 우린 세상의 중심이
      에요.

마리아 (법정에 있는 사람들에게) 우린 연극을 하고 있는데, 당
      신들은 한나를 괴롭히고 있어요. 한나의 고통은 진짜
      라고요.

멘델   이건 부림절 연극입니다. 마리아. 당신 말이 맞아요.
      한나를 데리고 방으로 돌아가세요.

한나   부림절 연극… 부림절이 끝나면 배우들은 가면을 벗
      죠? 죽은 사람들은 일어나고 산 사람들은 다시 웃기
      시작하죠. 부림절은 언제 끝나요?

         (마리아가 그녀를 문으로 이끌고 가다가 거기에 서 있던

177

신부를 만난다. 그는 한나의 질문을 들었다.)

신부   곧 끝난다. 한나야. 부림절은 조금 있으면 끝나.

마리아   또 오셨어요?

신부   잠이 안 와, 마리아. 이번엔 자네 때문이 아닐세. (다른 사람들에게) 내가 또 방해하고 있나?

샘   당신은 저희를 방해한 적 없습니다.

마리아   부림절에만 방해하죠. 신부님이 올 때마다 늘 부림절이라는 걸 제외하곤 방해한 적이 없죠.

신부   잠이 안 와. 난 피곤해… 자네들 책의 늙은 왕처럼. 그의 이름이 뭐였더라. 난 악몽을 꿨어. 그래서 내 친구 베리쉬와 그의 손님들에게 오기로 결심했지.

멘델   잘 결정하셨습니다. (생각이 번뜩 떠오른다.) 새로운 소식 없습니까? 뭐 들은 것 없어요?

신부   늦었어, 내가 생각했던 것보다 더. (베리쉬에게) 자넨 듣기를 거부하는군. 자넨 딸과 친구들을 데리고 가능한 한 멀리 도망쳐야 했어. 지금은 너무 늦었어.

베리쉬   (빈정대는 어투로) 물론 우리가 십자가에 키스하면 그럴 일 없겠지만요?

신부   날 놀리지 말게, 친구. 십자가 자체는 더 이상 자네를 보호해주지 못할 걸세. 살인자들은 자네보다 더 십자가를 존중하지 않아. 하지만 시도해볼 순 있겠지….

멘델 　지금은 왜 돌아오셨습니까?

신부 　글쎄. 물론 자네들을 돕기 위해서지.

멘델 　우리가 뭘 해야 할까요?

신부 　몰라. 그들은 너무 가까이 왔어. 여관을 지켜보고 있다고. 그들은 여기저기 다 있어.

얀켈 　또 대학살이 벌어지는 건가요?

아브레멜 　또 심판이 행해지는 거지.

멘델 　우리가 뭘 하면 좋을까요?

신부 　몰라, 진짜 모르겠네. 내가 아는 건, 자네들이 뭘 하든, 그걸 지금 해야 한다는 걸세.

베리쉬 　그 말은… 무슨 뜻인지 알겠소. 대답은 '싫소'요. 내 아들들과 아버지들은 믿음을 저버리지 않고 목숨을 내놓았소. 나 역시 그렇게 할 수 있소.

샘 　검사님, 도저히 이해가 안 되네요. 당신이 희생의 믿음, 순교에 대해 이야기하다니요. 재판에 대해서는 잊은 겁니까? 제 의뢰인에 대해 뭐라고 하셨죠?

신부 　그게… 그게 뭔가?

베리쉬 　(샘에게) 이건 당신과 당신의 의뢰인과는 아무 상관없는 일이오. (잠시 멈췄다가) 이건 개인적인 결정이오.

신부	베리쉬, 내 친구 베리쉬. 자네들은 모두 취했어. 어쩌면 나도 그렇고. 하지만 이렇게 간청하네. 아직 시간이 있을 때 뭔가를 하세! (잠시 말을 멈춘다. 그는 용기를 내기로 결심한다.) 왜 일시적으로라도 내 방책을 시도—난 '시도'라고 말했네—해보지 않는 건가? 맹세하건대, 아무도 그것에 대해 아무것도 모를 걸세. (더 좋은 생각이 나서) 이건 어떤가? 이걸 자네들의 부림절 정신으로 해보세. 익살극으로 하는 거야. 가면을 쓰고. 내 청을 들어주면 어쩌면—난 '어쩌면'이라고 했네—자넨 살게 될지도 몰라. 폭도들은 내가 처리함세. 그리고 내일이 돼서 부림절이 끝나면 가면을 벗는 거야. 그리고 다시 유대인이 되는 거지. 어떤가? 어떻게 생각하나, 주인장?

(세 재판장들은 깜짝 놀란다. 한나는 미소 짓는다.)

베리쉬	난 할 말 다 했소. 내 대답은 '싫소'요. 다른 사람들에게 물어보시오. 그들에겐 먹힐지도 모르니.

(신부가 다른 사람들에게 몸을 돌린다. 세 재판장들은 고개를 흔든다.)

샘	감사합니다, 신부님. 걱정해주시는 마음이 깊이 느껴졌습니다. 저희는 신부님의 방책을 받아들이지 않을

겁니다. 우린 저마다 이유가 있거든요. 어쨌든 직접 말씀해주셨군요. 살인자들은 아무것도 존중하지 않는다고요.

신부　그럼 내가 할 일은 없는 건가?

멘델　한 가지 있습니다. 마을로 가주세요. 더 낫고 더 현명한 교구 주민 중 몇 명에게 위험을 알리세요. 당국과 연락하시고요. 어쩌면 제시간에 도착할지도 모릅니다. 기적은 늘 가능하니까요.

　　　（신부는 슬퍼한다. 그는 모든 인물을 바라본다. 눈에서 눈물이 솟아오른다. 베리쉬의 손을 잡고 싶지만 그렇게 하지 않기로 한다. 그들이 다시 만나게 될까? 아니다. 그러나 왜 공개적으로 그것을 인정한단 말인가? 그는 한마디 말도 없이 떠난다.）

얀켈　지하실 있습니까?

아브레멜　지하통로는요?

마리아　예, 지하실 있어요.

얀켈　분명 다락방이 있을 거야.

아브레멜　필사적으로 도망치는 건 어때? 아직 날이 어둡잖아.

멘델　그럼 재판은 어쩌고? 판결은?

샘　저는 검사님이 신의 대적 대신 신을 선택했다는 중요한 사실에 주목합니다. 그것도 자신의 목숨을 내놓으면서까지 그렇게 했습니다. 그렇다면 이 사건은 기각되어야 한다고 봐도 될까요?

베리쉬　천만에! 난 신을 선택한 게 아니오. 그의 대적에게 대항한 거지. 그것뿐이오.

멘델　그럼, 모두 다시 시작하겠습니다. 유대인과 그들의 대적이 한 번 더 서로를 마주하게 될 것입니다. 그럼 그때는? 부림절은 끝날 것입니다. 누가 우리 이야기의 실마리를 이어갈까요? 마지막 페이지는 쓰이지 않을 겁니다. 하지만 그 전 한 페이지는? 장래 세대를 위한 증언을 준비하는 것은 우리에게 달려 있습니다. 따라서 저는 마지막으로 여러분께 묻습니다. 재판은 어떻게 하겠습니까? 판결은요?

베리쉬　내 개인적으로, 재판은 계속되어야 하오. 난 달라지지 않았고 이제도 달라지지 않을 거요.

멘델　끝이 가까웠는데, 용서하기를 거부하는 겁니까?

베리쉬　난 유대인으로 살았고, 죽는 것도 유대인으로서 죽을 거요. 그리고 유대인으로서, 내 마지막 숨을 다해 신에게 큰소리로 시위할 거요! 그리고 끝이 가까웠으니 난 더 크게 외칠 거요! 끝이 가까웠으니, 그가 그 어느 때보다 더 유죄라고 그에게 말할 거요!

> (멘델이 미소를 짓고 몸을 돌려 변호인에게 마지막 발언
> 을 하라는 신호를 준다.)

샘   무엇보다, 저는 고명한 동료이자 상대인 검사님의 충
성심과 용기에 경의를 표하는 바입니다. 그가 믿음을
저버리기를 거부했다는 사실은 그의, 그리고 우리의
명예가 되니까요. 물론 저는, 전능자와 관련한 그의
완고한 태도에 대해서는 동의할 수 없습니다. 이해는
하지만, 전 반대입니다. 신은 의로우시며, 그분의 길
은 공정합니다.

멘델   지금도?

샘   앞으로도 계속 그럴 것입니다.

멘델   정의로우시다? 지금 어떻게 그분을 정의롭다고 선언
할 수 있을까요? 끝이 이렇게 가까웠는데요? 우릴 보
세요, 한나를 보세요, 자신의 기억을 더듬어보세요.
고통당하고 죽은 유대인과 그렇지 않은 신 사이에서,
어떻게 신을 선택할 수 있는 겁니까?

샘   난 그렇게 해야 합니다. 그분의 종이니까요. 그분은
제 의견을 묻지 않고 세상과 저를 창조하셨습니다. 그
분은 세상과 저를 가지고 원하시는 건 뭐든지 하실 겁

니다. 우리의 임무는 그분께 영광 돌리고, 그분을 찬
양하고, 그분을 사랑하는 것입니다. 우리 의지와 상관
없이 말이죠.

멘델 하지만 당신은 어떻게 그렇게 할 수 있습니까?

샘 간단합니다. 신에 대한 믿음은 신 자신만큼 무한해야
합니다. 만약 그 믿음이 인간의 희생으로 존재한다면,
정말 안된 일이지요. 신은 영원하시지만, 인간은 그렇
지 않습니다.

멘델 (그에게 좀 더 가까이 가서) 낯선 이여, 당신은 누구입니
까?

샘 말씀 드렸듯이, 전 신의 변호인입니다.

멘델 연기를 하지 않을 때의 당신은 누구입니까? 신을 변
호하고 있지 않을 때 말입니다.

샘 왜 알려고 합니까?

멘델 당신이 부러워서 그렇습니다. 신에 대한 당신의 사랑
이요. 저도 그런 척도가 있었으면 좋겠습니다. 당신의
경건함이 부럽습니다. 그게 제 것이었으면 좋겠습니
다. 당신의 믿음이 부럽습니다. 제 믿음은 당신에 비
하면 덜 심오하고 덜 온전합니다. 당신은 누구입니까?

샘 난 내 자신을 당신에게 드러낼 수 없습니다. (낮은 목소

184

리로) 그리고 내가 신의 특사라고 말하면 어떡하겠습니까? 난 그분의 창조세계를 방문하고 그분께 이야기를 가져다드립니다. 모든 것을 보고 모든 인간을 지켜보지요. 난 원하는 걸 다 할 순 없지만, 모든 걸 무효로 만들 순 있습니다. 충분한 설명이 됐습니까?

멘델   당신을 훨씬 더 부러워하게 될 만큼이요. 재판이 진행되는 내내 당신은 내가 감탄할 정도로 신을 향한 존경심을 보여주었습니다. 그럼에도 우리는 이미 신께서는 사랑해야 할 뿐만 아니라 두려워해야 할 존재임을 알고 있습니다. 사실 내가 지금 당장 판결을 선언해야 한다면, 제 생각에 그것은 여관주인 베리쉬의 영향을 받게 될 것입니다…. 그러나 우리는 숙의할 시간이 충분치 않습니다. 판결은 다른 사람이, 다음 번 무대에서 내리게 될 겁니다. 재판은 우리 없이도 계속될 테니까요. 그래도 전 당신이 누군지 알고 싶습니다. 당신의 본을 따르기 위해서요.

마리아   (속삭이듯이) 당신들은 미쳤어, 모두 미쳤어….

멘델   마지막으로 솔직해집시다. 슬픔과 괴로움으로 가득 찬 온 세상에서, 신의 명예와 영광, 공의와 친절함을 변호하기로 선택한 사람은 오직 한 사람, 한 명뿐이었습니다. 그리고 그 사람이 바로 당신이지요. 낯선 이여, 당신은 누구입니까? 성자? 참회자? 변장한 선지자?

마리아 진짜 미쳤군… 우린 모두 미친 거야….

얀켈 (멘델의 열정에 영향을 받아) 기적의 랍비?

아브레멜 기적을 행하는 자?

얀켈 '사라진 열 지파'의 왕국에서 보낸 특사?

아브레멜 구원자를 만나기 위해, 그리고 우리도 만나게 해주려고 길을 떠난 신령한 환상가?

얀켈 그래서… 마리아를 가지고 놀았던 겁니까?

아브레멜 그래, 그거야. 죄의 깊이를 관통하고 그 거룩한 불꽃을 들어올리기 위해 그녀를 이용한 거야.

(문이 열린다. 신부가 다시 나타난다. 그의 표정에서, 우리는 알 수 있다. 모든 게 끝났다. 다른 출입구에 한나가 서 있다.)

베리쉬 이번엔 내가 죽일 거야. 맹세코 내가 죽인다.

(그들은 모두 방어태세를 갖추기 시작한다. 탁자를 문 쪽으로 밀어놓는다. 창문에 바리케이드를 친다. 베리쉬는 긴 칼과 손도끼를 준비한다. 갑자기 집단 히스테리가 일어난다. 그들은 모두 샘 주변에 모여 구해달라고 애걸한

다.)

얀켈   (샘에게) 당신은 숨은 의인이잖아요. 우리를 위해 탄원
        해주세요!

아브레멜 당신은 전령이잖아요. 뭔가 해봐요!

멘델   당신은 신과 가까운 사이이니, 우릴 위해 기도해주십
        시오! 당신의 믿음은 틀림없이 상을 받을 겁니다. 그
        걸 이용해봐요!

베리쉬   죽여버릴 거야… 죽여버릴 거야….

얀켈   성자여, 시편을 읊어요!

아브레멜 천사들에게 우리를 구하러 오라고 명령해요!

얀켈   기적을 일으켜요, 당신은 할 수 있어요! 할 수 있는
        거 안다고요! 제발!

아브레멜 한나를 생각해요… 그녀를 구해줘요! 우릴 생각해
        요… 우릴 구해줘요!

멘델   당신은 차디크*이자, 의인이고, 랍비이며, 스승입니
        다. 당신은 신비한 힘을 타고났어요. 당신은 성자입
        니다. 뭐든 해서 명령을 취소하십시오! 당신이 못한
        다면, 누가 할 수 있겠습니까? 당신은 신의 유일한 변

---

* 히브리어로 '의로움'이라는 뜻으로, 덕이 있는 성자를 가리킨다 ─ 옮긴이.

호인이고, 당신에겐 권한과 특권이 있으니, 그걸 사용하세요! 제발, 사용하라고요! 오 성자여, 신의 자녀들을 더 이상의 수치와 고통에서 건져주시기를 간구합니다!

(촛불이 한 개만 남고 모두 꺼진다. 이상한 소리가 밖에서 들린다. 샘이 안심시키듯 미소 지으며 이 사람에게서 저 사람에게로 왔다 갔다 걷는다. 그러다가 멘델 앞에 멈춰 서서 그를 뚫어져라 바라본다.)

얀켈 부림절이다. 가면을 쓰자!

(세 재판장은 가면을 쓴다. 샘도 주머니에서 자신의 가면을 꺼내어 얼굴에 갖다 댄다. 모두가 겁에 질려 소리를 지른다. 그러자 사탄이 웃으며 말한다.)

샘 그래, 날 성자, 의인으로 착각했나? 나를? 어떻게 그렇게 아둔할 수가 있지? 어떻게 그렇게 어리석을 수 있나? 알기만 했더라면, 너희들이 알기만 했더라면….

(사탄이 웃고 있다. 그가 신호를 주듯이 팔을 치켜든다. 바로 그 순간 마지막 촛불이 꺼지고 문이 열린다. 동시에 귀청이 터질 듯한, 살기등등한 함성이 밀려든다.)

막이 내린다.

법정에 선 신, 법정에 선 우리

이 희곡은 17세기에 있었던 집단학살로 큰 충격을 받은 폴란드계 유대인 공동체의 상처 난 마음속으로, 또한 참으로 상처 입은 모든 마음과 깨어진 모든 공동체 속으로 우리를 이끌고 들어간다. 그러나 이 희곡은 20세기에 있었던 '밤의 왕국', 즉 홀로코스트 안으로 우리를 데려가기도 한다. 그러므로 이것을 '신에 대한 재판'이라고 부르는 것은 당연하다.

혹자는 이렇게 물을 수 있을 것이다. 신께서 실패하신 것인가? 홀로코스트를 비롯해 인류가 자행한 파괴적인 사건들은 신께서 실패하셨음을 의미하는가? 아니면 인류가 실패한 것인가? 아니면 둘 다 실패한 것인가? 천사보다는 차라리 유인원을 더 많이 닮은 두 다리 동물에게 신의 창조성과 형상을 부어넣은 신과 우주의 이 실험은 엄청난 실수였는가? 우주가 영원히 후회할 실수?

유대교의 성경적 전통은 인류가 "신의 형상에 따라" 창조되었다고 가르치기 때문에, 신을 법정에 세우는 것은 인류를 법정에 세우는 것이며, 또한 인류를 법정에 세우는 것은 곧 신을 법정에 세우는 것이다. 마이스터 에크하르트는 "신에 대한 모든 표현은 우리 자신에 대한 이해에서 온다"고 경고한다. 신을 법정에 세우는 것은 우리 자신에 대한 이해를, 우리가 세상을 살아가는 방식, 부정하고, 고발하고, 투사하고, 증오하고, 사랑하는 방식을 법정에 세우는 것이다. 이 희곡에서는 인간조건의 어리석음, 나아가 인간들이 범하는 선택의 어리석음이 심판대에 오른다. 그러므로 인간이라는 동물에게 그 규모에서 거의 신과 같은 악을 파괴할 수 있도록 그토록 많은 힘과 선택의 기회, 창의성과 능력을 부여한 신의 어리석음 또한 심판대에 오른다.

결국 우리 인간은 가학적인 유일한 종, 가공할 만한 상상력을 사용하여 서로를 파괴하는, 그리고 역겨운 방법으로 복수하거나 그렇게 하는 데서 기쁨을 얻는 유일한 종이 아닌가?(이 희곡에서 한나를 강간한 가해자는 그녀의 아버지를 묶어 그 광경을 목격하게 하는데, 그로 인해 이 범죄는 더욱 추악해진다.)

이것은 죄에 관한 희곡이다. 무언가가 죄가 된다면, 집단학살과, 집단학살이 촉발하는 신체 상해와 학대와 강간과 파괴가 그러하다. 랍비 아브라함 요슈아 헤셸은 "죄란 인간이 인간다운 존재가 되는 것을 거부하는 것이다"라고 말한다. 진정한 인간다움이 신의 형상이라면 죄는 그 형상이 되기를 거부하는 것이다. 인간이 이 일차 과제―신처럼 되는 것, 그리고 그에 따라 자애롭고 의로운 사람이 되는 것―에 실패할 때, 신은 죽는다. 신은 실패한다. 신은 그 사람이 실패한 것에 대해 재판을 받게 된다.

이 희곡에서 재판을 받는 신은 '우리 자신의 형상을 따라 만들어진 신', 즉 독선적 종교의 신, 폭력의 신, 증오의 신이다. 이 희곡을 심지어 신까지 포함한 모든 것을 놓아버리는 신비주의적 전통에 비춰 이해한다면, 모든 것은 우리가 신에 대해 말하는 방법을 해독解毒하는 데 달려 있다. 따라서 우리가 경배하는, 또는 경배한다고 주장하는 신을 '심판'하거나 재판에 회부해야 하는 것이다. 진정 우리의 마음을 차지하는 분은 어떤 신인가? 우리의 진정한 보물은 어디에 있으며 그것은 무엇인가? 신은 인간이 서로에게 자행하는 악에 책임이 있는가?

이 희곡은 신의 성품이나 악의 본성에 대한 관념적인 가설을 제시하지 않는다. 그 대신 우리 마음을 확장시키고 비우기 위해 예술적 언어를 사용한다. 이 희곡은 우리에게 '신에 대한 경험'과 '신의 부재에 대한 경험'을 일깨운다. 이 모든 참상에서 신은 어디에 계셨는가? 선하시고 찬양받기 합당하신 창조주는 어디에 계시는가? 그분의 백성을 소중히 여긴다고 주장하시는 신은 어디에 계시는가?

예술은 신비적인 것과 예언적인 것을 표현하기 위한 언어이다. 선지자는 정신뿐만 아니라 마음과 직관(부당성이 처음으로 느껴지는)과 상상력, 특히 도덕적 상상력에 호소한다. 엘리 위젤이 선택한 형식, 즉 에세이나 신학 논문과는 뚜렷이 구별되는 연극이라는 형식은 그 희곡 자체만큼이나 중요한 의미가 있다. 예술은 상상력에, 이 경우엔 도덕적 상상력과 종교적 상상력에 직접적으로 말하므로 모든 담론 중에서 가장 체제 전복적—참으로 예언적—이기 때문이다. 신학이 아니라 예술이야말로 신에 대한 경험과 신의 부재에 대한 경험을 표현하는 데 적합한 언어이다.

신학의 언어보다는 연극적 언어를 선택함으로써 위젤은 그의 메시지에 담긴 도덕적 위급성 속으로 우리를 인도한다. 우리에게 신에 대한 추정과 인간, 즉 우리 자신에 대한 추정을 검토하도록 요구하는 위급성 말이다.

이 희곡은 우리가 반유대주의 역사의 참상—지난 세기들의 집단학살—과 20세기의 참상을 직시하도록 요구한다. 최근에 기독교 내의 반유대주의에 대한 글을 쓴 한 로마 가톨릭 해설자는 1555년에 최초로 유대인 거주 지역을 정한 사람이 바로 교황 바오로 4세였다는 점을 지적한다. 로마 가톨릭교도였으며 결코 파문당하지 않았던 히틀러는 실제로 가톨릭 주교에게 자신은 그저 교회가 수 세기 동안 해왔던 일을 유대인에게 하고 있노라고 말했다.

1935년에 제정된 뉘른베르크법*은 인노켄티우스 3세와 바오로 4세가 정한 법령과 무슨 차이가 있는가? "나치가 유대인 거주 지역을 '게토'라고 명명했을 때, 그들은 분명 자신들의 정책이 교황들 및 신분이 높은 사람들의 정책과 연속성이 있음을 공개적으로 드러내는 것을 노리고 있었다."**

이 희곡은 신과 신에 대한 우리의 개념, 그리고 우리 자신을 심판하는 능력만 자극하지 않는다. 그것은 심판보다 더 깊은 곳으로도 나아간다. 그것은 외경심과 경이, 자유와 죄, 창의력과 동정심, 유머와 역설을 건드린다. 끝없이 계속되는 신성에 대한 이성적 토론이 할 수 있는 것보다 더 깊은 영적 영역으로 우리를 인도한다. 그것은 우리에게 그에 대한 비판뿐만 아니라 영적 경

---

* 1935년 나치가 유대인 박해를 합법화한 법률 — 옮긴이.

** Peter de Rosa, *Vicars of Christ* (New York : Crown Publishers, 1988), p.196.

험도 가져다준다. 말로 표현할 수 없는, 침묵과 거룩한 기다림의 영역으로 우리를 데리고 간다. 우리를 슬픔의 성소 안으로 데리고 간다. 그것은 우리를 혼란스럽게 한다. 꼭 영혼이 그토록 자주 우리 마음을 혼란스럽게 하듯이.

그러나 이 희곡의 등장인물들에게서 침묵만 발견할 수 있는 것은 아니다. 불평, 난관, 그리고 대립하는 성격과 이념과 표정과 힘이 땅속 거대한 지각판처럼 이 무대에서 서로 부딪친다. 남자 간의 싸움, 남자와 여자 간의 싸움, 종교 간의 싸움, 신에 대한 인간의 싸움, 인간에 대한 신의 싸움의 역사, 이 역사 속으로 들어가서 무사히 빠져나오는 사람은 아무도 없다. 연극 속의 연극으로서, 역사(우리가 사는 20세기) 속의 역사(17세기 폴란드)로서, 그리고 의식儀式(모든 것이 가능한 '부림절') 속의 역사로서 위젤이 창조한 이 맷돌에서는 모두가 혼란스러우면서 당혹스럽고, 의견이 엇갈리면서 신중하다.

우둔한 동방 정교회 신부가 언급한 반유대주의는 그것을 읽는 오늘날(1995년) 우리 시대에도 공명하고 있다. 48퍼센트의 폴란드인은 아우슈비츠 수용소가 폴란드라는 국가를 끝장내려는 것이었다고 믿으며, 8퍼센트만이 아우슈비츠 수용소가 150만 유대인을 조직적으로 살해하거나 제거하기 위한 곳이었다는 점을 이해한다. 아우슈비츠 수용소 희생자의 90퍼센트가 유대인이었다.

최근에 아우슈비츠 수용소 해방 50주년 기념식에서 위젤이 표현했듯이, "모든 희생자가 유대인이 아니었다는 것은 사실이다. 그러나 모든 유대인은 희생자였다."*

어떤 이는 이렇게 외친다. 얼마나 더 오랫동안 반유대주의가 "기독교적인" 서구에서 사라지지 않고 지속되어야 하는가? 이 희곡은 감히 그 질문에 대답하려 하지 않고, 그저 가장 신랄한 방법으로, 욥이 그랬던 것처럼 인간의 어리석음과 불의를 더는 두고 보지 못하는 신께 도전함으로써 그 답을 대신한다. 또한 인간의 어리석음과 불의, 그리고 신의 인내를 더는 참지 못하는 인간에게도 도전한다.

위젤은 이 희곡에서 많은 시각과 논쟁, 인물들과 종교적 전통으로 신께 도전하는 한편, 신을 새롭게 보는 능력, 신의 죽음과 우리 안의 신의 살해를 딛고 나아가는 인간의 능력도 여과 없이 보여준다. 이 희곡에서 법정에 선 신은 일차원적인 신이 아니라 우리의 개인적, 공동체적 삶에서 여러 역할을 하는 신이다.

이 희곡은 어떻게 인간의 악함이 우리가 가장 소중히 여긴 신의 형상을 깨부수는지도 까발린다. 산산조각 난 것 중 하나는 자

---

* Elie Wiesel, "Close Your Eyes, and Listen to the Silent Screams," *The Sunday Times* (London), January 29, 1995, p.3.

비롭고 사랑이 많고 은혜가 충만한 신의 형상이다. 기독교인인 마리아는 집단학살 이전의 삶을 다음과 같이 묘사한다.

> 정말 좋은 가정이었어요. 최고였죠. 행복한 게 당연했고, 행복을 함께 나눴죠. 행복, 행복… (중략) 한나의 미모란… 한나의 성스러운 아름다움을 어떻게 묘사할 수 있을까요? 그 애를 본 사람마다 눈에 눈물이 맺혔죠. 기쁨과 감사의 눈물 말이에요. (중략) 모두가 기뻐했고, 모두가 살아서 주인님의 행복을 볼 수 있게 해주신 것에 대해 신께 감사 드렸죠. 바로 그때… '그놈들'이 들이닥쳤어요. 그 놈들은 모든 걸 부숴버렸어요(123-124쪽).

그들은 "모든 걸 부숴버렸"다. 선하신 신에 대한 기억까지. 아우슈비츠 수용소 해방 50주년 기념식의 연설에서 위젤이 했던 표현에서도 나타난 것처럼 한나는 위젤의 자전적 캐릭터이다. 그는 이렇게 말했다. "어린아이들의 눈물에, 그들 사이에 있는 아름다운 금발머리 소녀들에게 귀를 기울이십시오. 그들의 연약한 부드러움을 저는 결코 잊을 수가 없습니다."*

---

* Wiesel, "Close Your Eyes," p.3.

한나의 아버지인 베리쉬도 이 사건으로 신의 형상이 산산조각 나버렸다.

> 전엔, 모든 게 달랐어. 나도 달랐지. 땅의 기운이 내 안에 넘치고, 세상이 주는 활력이 내 안에 흘러넘쳤지. 나는 내 충직한 단골손님들을 사랑했어. (중략) 슬픈 얼굴에 미소가 살짝 스쳐 지나가는 것만 봐도 내게 그보다 더 아름다운 상은 없었어. 난 바보같이 눈물이 나는 걸 참으려고 애써야 했지.
>
> 그런데 이 모든 것에 신이 어디 있냐고? 진실을 듣고 싶소? 사실, 전엔 이랬소. 그가 내 어깨를 두드리며 마치 이렇게 말하는 듯하곤 했지. '보아라, 베리쉬, 네가 존재하는 것처럼 나 역시 존재한다!' 그러면 난 그저 그를 기쁘게 하기 위해 뭔가를 드렸소(57-58쪽).

베리쉬는 그의 어깨를 두드리는 신의 손길을 경험했었다. 신의 임재의 친밀함을 그는 알았다. 그 모든 것은 그 사건에 의해 산산조각 났다. 마리아가 증언하듯이 말이다.

> 전에 주인님이 어땠는지 모르지요? 유대인이나 기독교인이나 모두에게 인정 많고 따뜻한 분이었어요(123쪽).

197

현존하는 신은 부재하는 신으로 교체된다. 우리는 끔찍한 집단 강간으로 한나가 어떻게 침묵하게 되었는지를 이미 보았다. 신처럼, 한때 성스러운 아름다움을 지녔던 그녀는 악의 손에 당한 경험으로 입을 다물게 되었다. "그 애 안에 뭔가가 침묵하고 있어"(122쪽)라고 그녀의 아버지는 증언한다. 그녀 안의 무언가가 고요하게 말하고 흐느끼고 기억하고 비명을 지르는 것이다.

위젤은 소년이었던 그가 아우슈비츠 수용소에서 목격했던, 세 경건한 랍비들이 신을 상대로 연 재판에 오직 침묵과 메마른 눈물만이 있었다고 전한다. "나는 그 자리에 있었고, 울고 싶었다. 그러나 그곳에 있던 어느 누구도 울지 않았다."

한나만 그런 것이 아니라, 온 마을에서 단 두 명을 제외하고 모든 유대인이 강간과 약탈과 강탈을 당하고서 잠잠해졌다. 베리쉬는 그것을 다음과 같이 증언한다.

샴고로드에선 아무 소리도 들리지 않소. 그 침묵이 사실이 아니라면 무엇이오? 세 채의 성경연구소는, 허물어지고, 약탈당했소. 대회당은, 불에 타서 전소됐소. 성경은 신성모독을 당했소. 이 잔해들이 사실 아니오? (중략) 백 가정이 넘는 유대인이 여기 살았는데, 지금은 하나밖에 없소. 그리고 그마저도 불구가 되고, 못 쓰게 되고, 기쁨과 희망을 빼앗겼소. 이 모든 게 당신에겐, 그리고 그에겐

뭐요?(145쪽)

비탄. 분노. 절망. 이것은 베리쉬만의 문제가 아니다. 이는 신의 문제이기도 하다. 그리고 베리쉬의 시각처럼, 책임도 그렇다. 신은 인류의 고통에 책임이 있다. 신은 침묵당했으며 자신의 침묵당함을 허락해왔다. 악이 신의 입을 막은 것이다.

샘의 합리적인 신학에 속아 넘어가기 전까지 이 희곡에서 가장 지혜로운 인물인 것처럼 보이는 멘델은 다른 도시에서 있었던 집단학살의 유일한 생존자였다. 그는 어느 충격적인 안식일 아침에 회당에서 벌어진 집단학살을 목격했다. 폭도들이 회당에 몰려들었을 때 그는 "너희는 명절을 기쁨으로 기념하라"라는 시편 말씀을 묵상하고 있었다.

몇 분 후. 상황이 완전히 종료되었네. 유대인은 한 명도 비명을 지르지 못했어. 그럴 시간도 안 됐으니까. "그리고 너희는 명절을 기쁨으로 기념하라"라고 한 말이 머릿속을 맴돌고 있었네. 그러다 나는 사라져버린 공동체 속에 홀로 남은 나를 발견했지(171쪽).

또 한 명의 떠돌이 등장인물 아브레멜은 그가 어떻게 이 마을 저 마을을 다니면서 사람들이 삶을 기뻐하게 하고 "우울하고 슬픈 얼굴들이 마음을 열고 따뜻하고 선하고 인간적으로 변하는 걸 보는"(79쪽) 즐거움을 누렸는지 말해준다. 심지어 집단학살 이후에도 그는 마을에 들어가 살아 있는 자들은 울고 죽은 자들은 웃게 만들곤 했다. 이에 멘델은 다음과 같은 의문을 제기한다. "그럼 이 모든 것에 신은?" 아브레멜은 이렇게 대답한다. "난 몰라. 신은 웃고 계셨나, 울고 계셨나?"(80쪽) 악은 우리가 경배하고 있는 신에 대해 혼란스럽게 만든다. 신은 웃고 계시는가 울고 계시는가. 아니면 완전히 부재하는 신인가.

이전의 베리쉬의 개성과 인격은 그가 겪은 슬픔과 고통으로 사라져버렸다. 그는 이렇게 증언한다.

그날 밤 이후로 난 더 이상 동일한 사람이 아니라는 느낌이 들어. 그날 밤, 삶은 흐르길 멈췄소. 더 이상 아무것도 중요하지 않고, 아무것도 존재하지 않아. 베리쉬는 살아 있지만, 난 그가 아냐. 삶은 계속되지만, 그건 저 바깥의, 내게서 먼 곳의 일이지. (중략) 전엔, 모든 게 달랐어. 나도 달랐지(57쪽).

그 험악한 사건 전에 그는 은혜의 신을 알았다. 이제는 더 이상 알지 못한다. 욥처럼, 베리쉬도 모든 것을 빼앗겨 이제는 무상함만 느낀다.

멘델과 얀켈, 아브레멜은 모두 세상의 고통과 괴로움에 의해 버려진 듯한 창조주를 위해 애가와 찬양하지 '않는' 노래를 부른다.

> 이렇게 비참할 데가… 이 드넓은 세상에서, 동쪽에서 서쪽까지, 북쪽에서 남쪽까지, 전능자를 변호할 수 있는 사람이 하나도 없단 말인가? / 그분의 방법이 옳았음을 보여줄 사람은 없는 것인가? / 그분의 영광을 노래할 사람은 없단 말인가? / (중략) 도대체 온 왕국을 뒤져도, 온 나라들을 훑어도, 창조주 편을 들 수 있는 사람을 한 명도 찾을 수 없단 말입니까? 그분의 수수께끼를 설명할 수 있는 신자가 하나도 없습니까? 모든 것에도 불구하고 그분을 사랑할, 그분을 고발하는 자들에 맞서 그분을 옹호할 만큼 그분을 사랑할 수 있는 교사가 한 명도 없단 말입니까? 이 온 우주에, 전능하신 신의 사건을 맡을 사람이 아무도 없는 겁니까?(128-129쪽)

여기서 우리는 창조의 능력과 영광과 기쁨과 복을 빼앗기는 신을 본다. 자랑할 창조 세계가 없는 신. 변호인이 없는 신. 우리 시대의 깊은 고통과 고뇌와 무상함에 대한 신비주의 용어인 '영혼의 어두운 밤'으로서 인간이 경험하는 어둠과 무상함 속에 완전히 빠져버린 신. 한 목소리가 들려온다. 나중에 샘이라고, 그리고 마지막에 사탄이라고 알게 되는 나그네의 목소리다. 신의 유일한 변호인이다.

베리쉬가 고통의 책임을 신께 돌리는 반면, 샘은 만사를 해결하고 신에 대해 모르는 게 없는 완벽한 학구적인 신학자의 전형을 보여준다. 다음 대화를 들어보라. 멘델은 샘에게 직설적으로 묻는다. "당신은 경외심도 없습니까? 당신은 감정이라는 것 자체를 느끼지 않습니까?" 샘은 대답한다. "난 감정을 싫어합니다. 그런 것보단 사실과 차분한 논리를 선호하지요"(139쪽). 이는 우리가 외경심을 망각할 때, 은혜와 존재에 대한 열정을 망각할 때 악이 시작됨을 시사한다. 샘은 경외심을 느낄 수 없다. 그는 찬양에 대해 이야기하지만 그 자신은 찬양하지 않는다. 랍비 헤셸이 '근본적인 경외'라고 부른 것은 샘에게 해당되지 않는다.

샘의 속을 꿰뚫어보는 유일한 사람인 마리아는 그에 대해 이렇게 말한다. "그는 심장도, 영혼도, 감정도 없어요! 그는 사탄이에요, 정말이라고요! (중략) 그는 사악해요. 잔인하고요. 그는 인간이 아니에요. 정말이에요, 그는 인간이 아니에요"(133, 134쪽). 그리고 또다시 "그건 '악'이에요. 사람들이 악이라고 부르는 것이죠"라고 말한다(165쪽). 마리아에 따르면 악이란 비애감이 없는 것, 감정과 열정과 공감과 연민이 없는 것이다. 사람들은 샘에 대한 그녀의 의견을 묵살하지만, 희곡의 마지막 부분에서 끝까지 유효한 판단은 그녀의 의견뿐이다.

샘은 화려한 언변과 사람들이 인지하는 신에 대한 상투적인 개념을 장황하게 설명하는 능력으로 그들을 속인다. 샘은 절대적인 것을 들어 논리를 펼치는 데 익숙하다. 그는 말한다.

〔낸〕 그분의 종이니까요. 그분은 제 의견을 묻지 않고 세상과 저를 창조하셨습니다. 그분은 세상과 저를 가지고 원하시는 건 뭐든지 하실 겁니다. 우리의 임무는 그분께 영광 돌리고, 그분을 찬양하고, 그분을 사랑하는 것입니다. 우리 의지와 상관없이 말이죠. (중략) 신에 대한 믿음은 신 자신만큼 무한해야 합니다. 만약 그 믿음이 인간의 희생으로 존재한다면, 정말 안된 일이지요. 신은 영원하시지만, 인간은 그렇지 않습니다(184쪽).

샘의 화술과 이성적인 견해에 완전히 속아 넘어간 그들은 희곡의 마지막 장면에서 그를 구원자로 간주하기에 이른다. 샘의 의도가 만천하에 드러나는 마지막 순간까지 말이다.

다음과 같은 베리쉬의 말은 우리의 인간성과 도덕성의 핵심을 찌른다. "자유롭다는 건 선택할 수 있다는 뜻이지"(80쪽). 선택의 행위는 창조 행위이며, 창조 행위는 우리의 선택의 행위이다. 희곡에서는 신의 변호인을 선택하려는 노력 속에서 많은 말이 오고 간다. 아마도 등장인물들이 선택할 수 없다는 사실은 그들이 자유롭지 않음을 암시하는 것일지도 모른다. 이 결단력 및 선택의 의지가 없다는 사실은 관객에게 좌절감을 안겨준다. 따라서 우리 역시 이 제한된 창조성의 상태에 들어간다. 창조의 신, 또한 그에 따른 도덕적 신의 형상은 산산이 부서진다.

공의와 긍휼의 신 또한 산산조각 난다. 집단학살 시기에, 홀로코스트 시기에 공의와 긍휼의 신은 어디에 계셨는가? 신은 억압받는 자들의 편이 아니신가? 아니면 신은 압제자의 편이신가? 베리쉬는 다음과 같이 단언하며 이 의문을 제기한다.

> 난 이류의, 이차적인 정의, 불쌍한 사람의 정의는 원치 않아! 난 내 손에서 빠져나가고, 날 무시하고, 날 비웃는 정의는 상관하기 싫소! 정의는 남자와 여자를 위해 여기에 있소. 따라서 난 인간적인 정의를 원하오. 그렇지 않을 거면 정의는 그냐 가지라 하시오! (중략) 부당한 일을 당한 자가 정의에 관한 토론에 참여하면 왜 안 되오?(140쪽)

샘은 다음과 같이 말하며 신의 공의에 대해 상투적인 설명을 늘어놓는다. "신은 의로우시며, 그분의 길은 공정합니다." 그러나 이에 대해 멘델은 이렇게 반문한다. "정의로우시다? 지금 어떻게 그분을 정의롭다고 선언할 수 있을까요? 끝이 이렇게 가까

왰는데요? 우릴 보세요, 한나를 보세요, 자신의 기억을 더듬어보세요. 고통당하고 죽은 유대인과 그렇지 않은 신 사이에서, 어떻게 신을 선택할 수 있는 겁니까?"(183쪽) 베리쉬는 악이 날뛰는 순간에 신도 희생자였다는 개념을 거부한다.

그를 희생자들 속에서 [찾는다고]? 희생자는 무력해. 그런데 그가 무력한가? 그는 전능하오, 안 그렇소? 그는 그 힘을 희생자들을 구하는 데 쓸 수도 있지만 그렇게 하지 않소! 그러니 그가 누구 편이오? 살인자가 그의 은총 없이, 그와 공모하지 않고 죽일 수 있겠소? (중략) [그는] 희생자들 편은 아니오. (중략) 원고 측 증인들은 죽은 사람들이오. 모두 다(147-148쪽).

그리고 그는 또 이렇게 주장한다.

그의 고통? 그런 건 신부에게나 맡기시오. 그에게 미안함을 느낄지 아니면 사람들에게 미안함을 느낄지 둘 중 하나를 선택해야 한다면, 난 언제든 후자를 선택할 거요. 그는 자기 일은 자기가 알아서 할 만큼 충분히 크고 충분히 강하니까. 그러나 사람은 그렇지 않소 (154쪽).

이것은 위젤이 기독교가 신의 고통에 대해 너무 많이 강조해 왔음을, 반면 고통받는 인간에 대해서는 충분히 강조하지 않았음을 부각시키고 있다고도 볼 수 있다.

이 희곡은 신에 대한 재판보다는 우리가 신을 이용하고 오용하고 그에게 우리 자신을 투사한 일을 재판하는 데 더 초점이 맞춰져 있다고도 볼 수 있다. 따라서 이는 출애굽 사건이 우리의 영적 조상을 해방시키고 구원했던 것만큼이나 우리를 해방시키고 구원한다. 이 희곡은 우리의 우상을 시험하고 검사한다. 희곡에서는 신에 대한 일차적인 개념만 지워지는 것이 아니라 악에 대한 일차적인 개념도 지워지고, 사탄 그 자체의 개념까지 제거된다. 사탄은 너무나 교묘해서 이전에 유혹했던 마리아를 제외한 등장인물 전체를 자신의 논리와 상식에 속아 넘어가게 한다. 또한 역설적이지만 그의 의견은 옳을 때도 있고 틀릴 때도 있다. 이 희곡에서 악은 그저 '선의 결핍*privatio boni*'이 아니다. 악은 (신의 변호인으로서) 적극적인 역할을 수행한다. 진정 신의 유일한 변호인이 되는 것이다. 그것은 '대大 부정否定' 역할을 한다.

사탄의 말은 신학적으로 지극히 정확하고 타당하게 들린다. 오늘날 대부분의 신학 교육기관에서 그를 채용하려고 들 수 있을 정도이다. 위젤이 경고하고 있는 것은 신학자와 과도한 합리화를 주의하라는 것이다. 마땅히 그래야 한다. 신학은 연민뿐 아니라 부당함도 느낄 수 있는, 또 경이와 놀라움을 맛볼 수 있는 심장으로부터 너무 멀리 떨어진 좌뇌의 영역으로 잘못 들어서기가 너무나 쉽기 때문이다.

베리쉬가 몇 차례나 반복해서 주장하는 주제 하나는 신이 살인자들 편이라는 개념이다. 그 이유는 살인자들이 그렇게 믿기 때문이다. 기독교인과 기독교가 저지른 불의에 대해 멘델은 다음과 같은 강력한 발언을 한다. 즉, 기독교는 그리스도의 제자가 되는 것과 거의 아무런 상관이 없다는 것이다.

> 저는 그리스도가 아니라 그를 배신한 사람들에 대해 얘기하는 겁니다. 그들은 자신의 살인 행위를 정당화하기 위해 그의 가르침을 들먹입니다. 그의 진정한 제자라면 다르게 행동할 겁니다. 더 이상은 없습니다. 이 기독교 지역에 더 이상의 기독교인은 없습니다 (116–117쪽).

그러나 신은 구원받을 수 있는가? 그러한 참상이 일어나도록 허락한 신이 구원받을 만할 존재인가? 이 희곡에서 제기하는 불편하고 급진적인 질문이 바로 이것이다. 물론 그 답은 우리가 찬양하고 영광 돌리고 기억하고 있는 신이 어떤 분이냐에 전적으로 달려 있다. 13세기 후반에서 14세기 초반의 신비주의자이자 예언자적 인물이며 그의 시대에 억압된 소농들과 여인들을 지지했던 마이스터 에크하르트는 "나는 신께로부터 벗어나게 해달라고 신께 기도한다"라고 말하곤 했다. 여러 면에서 그 말은 이 신에 대한 재판 내내 나의 머릿속을 울렸다. 이것은 결국 너무나 왜소한 신, 긍휼과 정의의 신성에 따라 살지 못하는 신, 자신의 신봉자들의 삶을 관통하지 못하는 신, 집단학살과 인종차별, 불의, 증오, 살인, 그리고 무지의 대학살에 자신이 사용되도록 허락하는 신에게서 벗어나고자 하는 재판이었다. 광적인 신자는 사랑이 없는 선지자이며, 신령한 영혼이 없는 선지자이다. 이들은 거짓 선지자이며, 따라서 진정한 종교를 타락시키는 사람들이다. 반면 반대하는 사람들이 진짜 선지자인 경우가 종종 있다.

재판의 목적은 정의를 판가름하는 것이다. 따라서 '법정에 선 신'의 맥락 속에서 정의는 이 희곡 전체의 쟁점이다. 그러나 판결은 언도되지 않는다. 그러나 베리쉬는 판결 언도 거부에 이의를 제기한다. 신의 유무죄에 대해 그는 자신만의 결론에 도달했다.

샴고로드의 유대인 여관주인인 나 베리쉬는 그를 적개심, 학대, 그리고 무관심의 죄로 고발하는 바요. 그는 그의 백성을 싫어하든지 그들에게 관심이 없든지 둘 중 하나요! 그런데 말이오, 그는 왜 우리를 선택했을까? 왜 한 번쯤 다른 사람을 선택하지 않았을까? 그가 우리에게 일어날 일을 알고 있든지 아니면 알고 싶지 않았든지 둘 중 하나겠지! 두 경우 다 그는… 그는… 유죄요! (잠시 멈췄다가, 큰소리로 똑똑하게) 그렇소, 유죄요!(142쪽)

마지막 장면에서 살인자들이 코앞까지 다가온 순간에도, 베리쉬는 자신이 유대인이라는 사실과 신의 부재에 대한 자신의 의견에 끝까지 충실하다. 따라서 그의 격노는 계속된다.

난 유대인으로 살았고, 죽는 것도 유대인으로서 죽을 거요. 그리고 유대인으로서, 내 마지막 숨을 다해 신에게 큰소리로 시위할 거요! 그리고 끝이 가까웠으니 난 더 크게 외칠 거요! 끝이 가까웠으니, 그가 그 어느 때보다 더 유죄라고 그에게 말할 거요!(182-183쪽)

이 희곡은 기본적으로 동일한 문제를 제기한 욥기와 닮은 점이 많다. 왜 선한 사람들이 고통을 당하는가? 이 모든 것에 신은 어디에 계시는가? 정의는 어디에 있는가? 확답은 나와 있지 않지만, 욥기에는 신께서 욥에게 좀 더 인간중심주의적 관점에서 벗어나, 인간의 고통을 창조세계 자체의 더 큰 맥락에서 바라보라고 충고하시는 단락이 있다.

> 내가 땅의 기초를 놓을 때에, 네가 거기에 있기라도 하였느냐? 네가 그처럼 많이 알면, 내 물음에 대답해보아라.
>
> 누가 이 땅을 설계하였는지, 너는 아느냐? 누가 그 위에 측량줄을 띄웠는지, 너는 아느냐?
>
> 바닷물이 땅속 모태에서 터져 나올 때에, 누가 문을 닫아 바다를 가두었느냐?
>
> 네가 지금까지 살아오면서 네가 아침에게 명령하여, 동이 트게 해본 일이 있느냐? 새벽에게 명령하여, 새벽이 제자리를 지키게 한 일이 있느냐?
>
> 세상이 얼마나 큰지 짐작이나 할 수 있겠느냐? 이 모든 것을 알고 있다면, 어디 네 말 한번 들어보자.
>
> 네가 사자의 먹이를 계속하여 댈 수 있느냐?
>
> 너는 산에 사는 염소가 언제 새끼를 치는지 아느냐?
>
> 말에게 강한 힘을 준 것이 너냐? 그 목에 흩날리는 갈기를 달아준 것이 너냐?(욥 38:4-5, 8, 12, 18, 39; 39:1, 19, 새번역)

고난당할 때의 욥의 비탄과 분노에 대한 신의 응답은 우주의 놀라움과 경이로 욥에게 새로이 도전하고, 욥이 그의 운명을 이해하고 그것에서 배워야 할 것이 이 우주론적 맥락이라는 사실을 보여주는 것이다. 욥은 다음과 같이 대답한다.

> 저는 비천한 사람입니다. 제가 무엇이라고 감히 주님께 대답할 수 있겠습니까? 다만 손으로 입을 막을 뿐입니다.
> 이미 말을 너무 많이 했습니다. 더 할 말이 없습니다(욥 40:4-5. 새번역).

인간중심주의를 놓아버리고 신의 창조세계 전체를 재발견할 때 경외심과 더불어 잠잠함이 되살아난다.

나는 최근에 한 홀로코스트 생존자에 대한 글을 읽었다. 그는 나치가 밤에 무슨 짓을 하고 있든 그들은 태양을 통제할 수 없었노라고, 그리고 수용소에서 인간 악의 관점에서 볼 때 최악의 날들이 계속되고 있을 때조차도 태양빛은 막사의 판자를 뚫고 들어왔노라고 말했다. 인간의 잔인함과 사악함에도 불구하고 태양과 달과 나무와 땅의 신은 여전히 일하고 계셨다.

홀로코스트가 지나간 오늘날에도 나무는 여전히 자라서 극작가들에게 그들의 이야기를 계속 쓸 수 있게 종이를 제공해주고 건설노동자들이 극장을 만들 수 있게 해준다. 귀와 마음도 발달해서, 듣고 기억하는 것이 가능해진다. 삶은 계속된다. 릴케가 표현했듯이, "우리가 존재하는 것은 기적이다." 존재한다는 것은 실로 기적이다. 거룩한 기적이다. 그렇기 때문에 다른 사람에게서 목숨을 빼앗는 것이 그토록 악한 행위인 것이다. 그것은 신성모독이다. 또한 존재라는 기적은 우리의 신비주의이자, 자비와 미와 선과 은혜의 신에 대한 우리의 응답이다.

그러나 저항 또한 기적이다. 그것은 도덕적 잔학행위에 주목하고 그에 반응하는 기적이다. 그것은 모든 선지자와 모든 사람들 속에 있는 선지자적 정신을 연결하는 기적이다. 그것은 공의와 긍휼을 약속하시는 신께서 여전히 살아 계시다는 것, 그 사람의 거룩한 공의와 긍휼 속에 살아 계시다는 인간적 증거이다. 신은 인간의 상상력과 행위를 그토록 손쉽게 사로잡는 악을 잊지 않으려고 하는 사람들 속에 살아 계신다.

존재와 저항. 이것들은 신의 현존의 증거이다. 아무리 그 현존이 때로는 침묵하는 것처럼 보일지라도 말이다. 신은 신의 역사와 피조물들이 살아 있는 곳까지만 이 땅에 살아 계신다. 신은 인간이 존재와 저항을 모두 신의 이름으로 할 때까지만 존재하시고 저항하신다.

인간이 악을 행하는 능력은 너무나 거대해서 참으로 인간의 악한 행위는 공의의 신을 침묵하게 만든다. 그러나 태양과 달과 별과 시공간과 인간이 출현하기까지 150억 년간의 신, 생명 그 자체인 신, 욥의 주목을 끌었던 말과 사자와 산염소의 신, 그 신은 침묵하시지 않는다. 우주의 신은 침묵하시지 않는다.

개입이냐, 불개입이냐. 이는 욥뿐만 아니라 이 희곡의 등장인물들도, 또 사실 기독교에서도 제기하는 종교적 딜레마처럼 보인다. 아마도 신앙의 성장은 '배타적 간섭주의' 구원 신학에서 '공동책임' 구원 신학으로 옮겨 감을 뜻하는 것일 테다. 전자는 우리에게 밖으로부터 오는 구원을 기다리라고(희곡에서 마지막 순간까지 계속 샘이 구원해주기를 기다리는 사람들과 비슷하게) 가르친다. 그러한 신학은 유신론적 세계관을 토대로 한다. 즉, 창조와 해방의 신은 '현상 밖'에 계시다는 것이다. 공동책임 구원 신학에서는 신이 유신론적으로, 또는 현상 밖에서 발견되는 게 아니라 범재신론적으로, 또는 현상 안에서, 그리고 신 안의 현상으로 나타난다. 이 맥락에서 구원은 외부의 개입의 문제라기보다는 공동체로서, 개인으로서, 종^{種}으로서, 일어나 "아니!"라고 외쳐야 하는 자신의 책임과 능력을 깨닫게 되는 인간의 문제이다.

그러한 구원에는 대안을 내는 인간의 책임도 포함된다. 인간의 죄와 어리석음이 야기한 비탄과 고통에 깊이 귀를 기울임으로써 그것이 용납할 수 없는 것임을 발견하고, 인간적이게 되는 다른 길로 돌아서는 책임 말이다. 또는 그럴 의지가 있다면, 혜셸의 정신으로 우리 본연의 모습이 되는 다른 길로 돌아서는 것이다. 괴로워하시는 신, 우리 상황의 비애감은 느끼시지만 그 상황을 초래하는 인간의 어리석음은 단호히 참지 않으시는 신과 공동창조자가 되는 길로 말이다.

자신이 자신과 다른 사람의 운명에 얼마나 많은 책임을 지고 있는지를 듣게 되더라도, 우리 인간들은 여전히 회의적이다. 우리가 믿지 못하는 건 신인가 아니면 신의 형상을 닮은 우리 자신인가? 후자를 믿는다면 우리의 방법은 변해야 할 텐데 말이다.

공동창조와 공동책임의 신은 공동창조와 공동책임의 운명을 짊어진 종種을 창조하셨다. 그러한 신은 여전히 우리 인간이 창조와 구원에서 합당한 역할을 하기만을 고대하시는 신이다. 거룩한 기다림이다. 우리의 시간은 거룩한 기다림을 위한 시간이다. 17세기의 집단학살처럼, 20세기 홀로코스트는 21세기에 인간이 범할 수 있는 잠재적인 집단 악행의 서곡에 불과할지도 모르기 때문이다. 훨씬 더 큰 규모의 집단학살, 생명 파괴 등의 행위가 일어날지도 모른다. 우리 인간이 벌써 오래전에 이루었어야 할 정신적 도약과 변화에 실패하면 다음 세대가—다음 세대가 존재한다면—우리 신과 신들을 법정에 세우는 것도 당연할 것이다. 아니면 이 희곡에서 멘델이 한 말처럼 될 수도 있다.

우리는 숙의할 시간이 충분치 않습니다. 판결은 다른 사람이, 다음

번 무대에서 내리게 될 겁니다. 재판은 우리 없이도 계속될 테니까요(185쪽).

따라서 재판은 계속된다. 신의 재판, 우리의 재판이다. 신의 형상에 대한 재판이다. 그리고 시간이 얼마 남지 않았다.

1995년 4월

매튜 폭스

캘리포니아 주 오클랜드, 홀리네임스 칼리지
문화와 창조영성 연구소 영성학 교수